Margret Koers

DAS RAD DES HENKERS

Die Deutsche Bibliothek — CIP-Einheitsaufnahme

Margret Koers
Das Rad des Henkers
Rosenhus-Verl. 2016
    ISBN 978-3-9806301-9-1

Einbandgestaltung:
die vektoristen - Jutta Raue - Meppen
Titelbild: fotolia.com ©Vitaly Krivosheev
Lektorat: Holger Koers, Münster
Satzarbeiten: Sandra Meyer, Wesuwe
Druck: Druckhaus Nord, Bremen
2. Auflage 2019
    ISBN 978-3-9806301-9-1

Wer sich auf die Suche nach (historischer) Wahrheit begibt, ist dankbar für jeden Hinweis – sei er auch noch so klein! Auch dieses Mal fand ich hilfsbereite Menschen, die durch ihr Wissen und ihre Tatkraft mit dazu beigetragen haben, dieses Buch „auf den Weg zu bringen". Dafür sage ich allen in alphabetischer Reihenfolge von Herzen: Danke!

Reinhold Aufderhaar
Wolfgang Barth
Wolfgang Berghoff, MA
Frank Bosse
Gudrun Brinkmann
Renate Dry
Stefanie Eder
Dr. Andreas Eiynck
Anne Gildehaus
Wilhelm Goldmeier
Hartmut Grotholtmann
Laurenz Heemann
Sabine Jarnot
Wilhelm Kienemann
Holger Koers
Waltraud und Friedrich Manecke
David Meyer
Sandra Meyer
Annette Nagelmann-Knuf
Ingrun Osterfinke
Jutta Raue
Heiner Schäffer
Claudia Schoppenkämper-Lagemann
Horst Soostmeyer
Inge und Werner Suer
Lili Werther
Dr. Gisela Wilbertz

KAPITEL I

ZERSTÖREN WILL ICH

das Liebliche, Gute
Zerschlagen muss ich, was Menschsein bedingt
Was schert mich die flehende Wärme
im anderen Blute?
Ich bin es, der Furcht, Hass und Tod
mit sich bringt

WIEDER UND WIEDER

will ich mich weiden
Entmenschlichter Schrei, erlöschender Blick,
gemarterte Seele, unsägliches Leiden
Meine Passion ist euer Geschick

SO IST ER GETRIEBEN

im grausamen Geiste
Scharlachrot hält er sein Schreckensgericht
Das Böse und Dunkle ihm Freundesdienst leiste
In irriger Weise unschuld´ges Leben er bricht

Gudrun Brinkmann

"GOTTES MÜHLEN MAHLEN LANGSAM,

ABER GERECHT..."

Sie war wirklich unglaublich naiv. Hat sich von meinen Komplimenten beeindrucken lassen. Zugegeben, ich war in Höchstform. Hab mich in Schale geworfen. Dann war alles ganz leicht. Die Vorbereitungen haben sich bezahlt gemacht. Mein Plan ging auf.

Zuerst dachte ich ja, sie wohnt in Mettingen. So wie ihre Schwester Karola, die ich auch dort vermutet hatte. Rita und Karola... Die erste, die dran glauben musste, hab ich am Galgenknapp vergraben. Niemand hat sie bisher gefunden. Kurz darauf stand ihr Foto in der Zeitung, darunter eine Vermisstenmeldung. Fast hat es mir leidgetan. Nicht, dass sie tot war. Nein, ich hab bedauert, dass es so schnell ging. Karola war so sanft und still, hat mich nur stumm und erstaunt angeschaut, während ich das rote Tuch um ihren Hals legte. Als ich noch dachte, die beiden wohnten in Mettingen, hab ich mir in der Tourist-Info eine Straßenkarte besorgt. Ich musste ganz schön weit laufen, denn mein Auto hatte ich am Ortseingang stehen lassen. Gut versteckt, natürlich. Das Gebäude, in dem ich sie vermutete, hatte keine Hausnummer. Jedenfalls hab ich keine gesehen. Es war bitterkalt und ich wollte schon aufgeben. Dann, nach fast zwei Stunden, kam eine alte Frau aus dem Haus. Sie hatte sich auf einen Stock gestützt. Ich hab gleich gemerkt, dass ihre Augen nicht mehr alles erkennen konnten. Kurzum, ich hab sie angesprochen, dabei meine Kapuze noch tiefer ins Gesicht gezogen und nach Karola gefragt.

„Meine Tochter und ihre Mädchen sind doch vor ein paar Wochen nach Lengerich gezogen", meinte sie und wollte mich danach gleich in ein Gespräch verwickeln. Leute, was interessiert mich ihr Pflegedienst und

dessen Zeitmanagement? Ich hab genug Ärger wegen meiner Mutter. Die neue Adresse konnte ich ihr dann doch noch entlocken. Aber jetzt der Reihe nach. Die Erste hat ihre gerechte Strafe bekommen, nachdem ich sie in Lengerich ausfindig gemacht hatte. Sie wohnte noch bei ihrer Mutter. Ihre Schwester zu finden, war schwieriger, denn sie hatte eine eigene Wohnung. Dieses Mal wollte ich mir Zeit lassen. R. Esman – das hätte auch ein Mann sein können. Richard, Reinhard, Rolf... Oder eine Verwandte, was mir aber eigentlich auch egal gewesen wäre.

Gefunden hab ich sie im Telefonbuch und dann lange observiert. Ha! Das klingt gut, so, als wäre ich ein Detektiv. Man muss schon eine Spürnase sein, um die Richtige zu finden. Vom Auto aus hab ich alle Frauen beobachtet, die das Haus verließen. Ich wollte mir nicht noch mal den Hintern abfrieren. Acht Parteien lebten dort, jetzt sind es nur noch sieben.

Kannst du dir vorstellen, wie viele Frauen das sind? Vom Schulkind bis zur Oma.

Ich hab sie irgendwann angesprochen und war froh, dass sie tatsächlich Karolas Schwester war. Ende dreißig, sehr hübsch, mit langen, dunklen Haaren und guter Figur. Aber das hat mich auch wütend gemacht. Ihre braunen Augen und die weiche Haut. Angefasst hab ich sie nicht. Ihre Haut, meine ich. Man konnte auch so sehen, wie weich die war. Alles perfekt.

Dann noch die schicke Wohnung in bester Lage, Mini Cooper vor der Tür, gut bezahlter Job. Geschmack hatte sie, das musste man ihr lassen. Viele Bilder an den Wänden. Lauter Originale, wie sie mir erklärt hat. Als ob mich das beeindruckt hätte. Ihre Möbel, die

11

Fummel, die man durch die Schlafzimmertür sehen konnte, das edle Porzellan und die Blumen auf dem Tisch... Aber kochen konnte sie. Italienisch, mit viel Knoblauch. Dazu gab es guten Wein. Obwohl ich lieber Bier trinke, hab ich das Spiel auf die Spitze getrieben. Sie hat mir den Gourmet abgenommen und es war ihr sehnlichster Wunsch, mich bald wiederzusehen. Das hab ich in ihrem Gesicht gelesen.

Schon als ich sie das erste Mal angesprochen habe und ganz harmlos nach dem Römer in der Innenstadt fragte. Beim Erklären hat sie sich verhaspelt, das dumme Ding.

Wie ihre Lider flatterten, als ich ihr sagte, dass ich sie näher kennenlernen möchte. Weil ich sie so bezaubernd fände. Frauen kann man so leicht um den Finger wickeln, wenn man die richtigen Knöpfe drückt.

Sie hat mir auch von ihrer verschwundenen Schwester erzählt. Sonntags gingen wir am See in Ibbenbüren spazieren und abends hat sie für mich gekocht. Ich hab ihr Honig um den Bart geschmiert, wie man so schön sagt. Sie hats geschluckt. Auch als ich mich gleich nach dem Essen verabschiedet habe, weil der Montag immer so arbeitsintensiv ist. Möglicherweise wären wir sonst im Bett gelandet. Sie wollte es.

Was ich beruflich mache, habe ich nicht verraten. Eigentlich gar nichts von mir preisgegeben, denn womöglich hätte sie noch ihren Freundinnen davon erzählt. Ganz sicher sogar; so, wie sie mich anhimmelte.

Am nächsten Wochenende trafen wir uns am Habichtswald. Ich habe lange auf diesen Tag hingefiebert. Freitagvormittags gehen die Leute einkaufen oder sie

putzen, wenn sie nicht arbeiten müssen. Also freie Bahn für mich. Rita, ich habs schon gesagt, sie hieß Rita, hatte Urlaub, wie praktisch. Niemand hat uns gesehen, für mein Fahrrad fand ich ein gutes Versteck. Damit es niemand klaut, hab ich ihr gesagt. Das Lokal, von dem ich ihr erzählt hatte, entdeckten wir natürlich nicht. Dafür hatte ich gesorgt. Ich muss auf der Hut sein, denn mein Auftrag wird noch einige Zeit in Anspruch nehmen.

Wie schon gesagt, es war einfach. Auch dieses Mal. Ich hatte eine riesige Kühltasche dabei. Fast zu groß für meinen Gepäckträger.

Als sie sah, wie ich mein Werkzeug und die kleine Schaufel auspackte, hat sie verwundert gelacht. Hat wohl ein Picknick erwartet und an einen Scherz oder eine Überraschung gedacht. Aber das Lachen ist ihr schnell vergangen. Tief im Wald hat keiner ihr Schreien gehört.

„Und das auf leeren Magen!"

Schaudernd verließ Feo mit eiligen Schritten das Institut für Rechtsmedizin. Dieses Mal hatte sie sich den Anblick des Mordopfers erspart. Die Schilderungen des Mitarbeiters, der abschließende Bericht und zahlreiche Detailfotos reichten ihr völlig.

Ohne nach links und rechts zu schauen, hastete sie die Röntgenstraße entlang.

„Du hier?"

Erschrocken blickte sie auf.

„Musst du mich so überfallen, Chef?"

Sie schob seine großen Hände von ihren Schultern und rieb mit der Linken in einer schnellen Bewegung über ihre Magengrube.

„Sorry, ich hab einfach nur Hunger und der neue Fall steckt mir in den Gliedern. Das macht mich wohl schreckhaft."

Heinz Möller ergriff wortlos die Unterlagen, die sie ihm entgegenstreckte.

„Im wahrsten Sinne des Wortes. Hab schon gehört, der Toten wurden die Glieder zerschlagen. Weiß man schon, was die Todesursache war?"

Feo tippte auf ihren Hals.

„Gewaltanwendung gegen den Kehlkopf."

„Wurde sie erwürgt?"

„Nein, nein. Ein schwerer Gegenstand hat ihn zertrümmert. Man hat kleine Rostpartikel gefunden."

Sie sah aus den Augenwinkeln, wie ihr Chef die buschigen Brauen hob.

„Zusätzlich hat man ihr ein dünnes Seil um den Hals geknotet. Verdeckt von einem Tuch. Ziemlich merkwürdig, finde ich."

„Käsebrötchen?"

Heinz Möller hielt Feo sein Frühstück unter die Nase. Das Butterbrotpapier glänzte fettig. Sie griff trotzdem erfreut zu und packte es mit spitzen Fingern aus.

„Während du isst, lese ich mir den Bericht durch. Komm, da vorne steht mein Auto!"

Er eilte zur Beifahrertür, ließ seine kauende Kollegin einsteigen und schwang sich hinter das Lenkrad.

Feo lächelte, weil es weniger elegant aussah, als es wirken sollte. Da war einfach zu viel Bauch im Weg, aber sie verkniff sich eine Bemerkung.

„Hmmm..., das schmeckt gut. Ich frage mich, Chef, wozu ist das Seil verwendet worden. Der Täter…"

„Oder die Täterin…", murmelte er abwesend und blätterte in den Akten.

„Obwohl das vermutlich schwere Mordwerkzeug dagegenspricht."

„Ich lese gerade, das Seil kam auch zum Einsatz, aber es war nicht tödlich. Hier, siehst du die feine Linie auf dem Foto?"

„Ja, sehe ich. Das Tuch ist aus Baumwolle, rot mit weißen Punkten. Wir sollten gleich mal überprüfen, wer solche Tücher führt."

„Vermutlich findest du die an jeder Straßenecke."

Rot wie Blut und weiß wie Schnee, dachte sie sinnierend und biss erneut herzhaft in das Brötchen. Die steigende Sonne ließ die Butter auf dem restlichen Stück zerlaufen. Feo öffnete mit zwei Fingern das Handschuhfach.

„Die Servietten liegen ganz links, du kennst dich ja aus. Was hältst du von Kaffee am Aasee?"

Er wartete die Antwort nicht ab, sondern startete zügig.

„Dein Auto ist noch in der Werkstatt? Bist du mit dem Bus gekommen?"

„Momentan war kein Dienstwagen frei."

Sie faltete die geblümte Serviette auseinander und betrachtete das geometrische, grüne Hintergrundmuster.

„Deshalb habe ich dich hier auch nicht erwartet, aber das passt ganz gut. Also, zum Aasee?"

Feo nickte und wischte sich Mund und Hände ab, während Heinz Möller über Funk einen Kollegen herbeiorderte.

„Du willst Klaus ins Team holen?"

Sie blickte zur Seite und verzog das Gesicht. Ausgerechnet Klaus, dieser arrogante Kerl. Ihre Brust hob und senkte sich heftig.

„Er hat einen scharfen, analytischen Verstand. Besondere Fälle erfordern besondere Maßnahmen. Unseren Neuen holen wir auch dazu. Frisch von der Polizeischule hat er vielleicht gute Ideen."

„Carsten?"

Väterlich tätschelte er ihre Wange, dann gab er unerwartet erneut Gas, so dass sie in den Sitz gedrückt wurde. Die Ampel vor ihnen sprang gerade von Gelb auf Rot und er grinste breit, weil er beim Abbremsen ihre Gedanken lesen konnte.

„Themawechsel, wann beginnt dein Urlaub?"

„In sechs Wochen."

Nachdenklich wiegte er den Kopf hin und her.

„Das könnte knapp werden. Hast du was gebucht?"

Sie verneinte und blickte dabei aus dem Seitenfenster. Das Alleinsein war schon schwer genug. Alleine zu verreisen, wäre ihr nie in den Sinn gekommen. Als sie nach rechts Richtung See einbogen, entdeckte sie Klaus sofort. Er lehnte lässig an seinem Auto und lächelte süffisant.

„Dann lass mal den Könner ran!"

Feo beachtete ihn gar nicht, sondern eilte voraus, um einen Sonnenplatz nah am Wasser zu finden. Die Kellnerin, Heinz und Klaus traten zeitgleich an den Tisch.

„Hallo, schöne Frau! Erst mal ein kühles Blondes! Ihr doch auch, oder?"

Er schaute in die Runde und sein Blick blieb an Feo hängen.

Jetzt bloß nicht rot werden!

„Für mich eine Apfelschorle, eine große, bitte."
Heinz Möller nickte zustimmend.

„Klaus, du weißt, im Dienst bin ich eisern. Was Erfrischendes wäre gut, dazu für alle einen Kaffee. Die Runde geht auf mich."

Jetzt starrt er der Kellnerin auch noch auf den Hintern! Blöder Heini! Sie ordnete ihre Unterlagen, die Heinz ihr mit einem Zwinkern über den Tisch gereicht hatte.

„Lasst uns anfangen." Er seufzte hörbar.

„Wir haben hier eine junge Frau, zwischen dreißig und vierzig, Identität unbekannt. Schwerste Verletzungen an allen großen Gelenken, zahlreiche Knochenbrüche. Sie wurde im Habichtswald gefunden, am Sonntag. Man hatte sie vergraben, nicht tief, keine zwanzig Zentimeter unter der Erdoberfläche. Eine Zahnfehlstellung im Oberkiefer, Narbe am Oberarm, Tätowierung auf der Schulter. Das müsste uns bei der Identifizierung weiterhelfen. Sorgen macht mir das brutale Vorgehen des Täters."

Klaus nickte und sein Gesicht wirkte ernst.

„Das sieht nach einem Serientäter aus. Einer, der auf Rituale steht. Eher unscheinbar, der nette Junge von nebenan. Ich fürchte, wir hören bald wieder von ihm."

Die Kellnerin, die leise an den Tisch getreten war, machte große Augen und stellte stumm die Getränke ab.

„Chef, ich möchte mir gerne den Fundort anschauen. War das auch der Tatort?"

„Alles deutet darauf hin, Kampfspuren, das Blut des Opfers an einem Ast."

„Keine Täter-DNA?"

„Leider nicht. Wir sollten zunächst das Umfeld ab-
klopfen, sobald wir wissen, um wen es sich handelt.
Irgendjemand muss sie doch gesehen haben. Sie und
ihre Begleitung. Am Wochenende sind doch Spazier-
gänger im Wald. Der Mörder muss einen unglaubli-
chen Hass in sich tragen. Sie trug Markenkleidung.
Alles ist völlig verdreckt und blutig."
„Was sagt der Obduktionsbefund?"
„Todeszeitpunkt vermutlich Freitagvormittag. Spätes-
tens heute wird jemand die Frau vermissen. Arbeit-
geber, Familie, Freunde. Die Tätowierung besteht
übrigens aus einem Schmetterling und dem Namen
Tim."
Feo strich sich die Haare aus der Stirn. Wenn Klaus in
der Nähe war, sprach sie nur das Nötigste. Jetzt gab sie
sich einen Ruck.
„Gefunden hat sie übrigens ein Förster aus Lotte-Os-
terberg. Sein Hund zog derart heftig an der Leine, dass
er ihm durch ein Dickicht gefolgt ist. Auf einer kleinen
Lichtung hinter einem Wall hat er gejault und gebud-
delt wie verrückt. Zunächst kam eine Haarspange zum
Vorschein. Der Förster hat dann sofort die Polizei
alarmiert."
Klaus grinste und sie wusste sofort, in welche Richtung ihre Zusammenarbeit gehen würde. Mist!
„Kluger Wuffi! Wie heißt er?"
Heinz Möller blickte von einem zum anderen. „Wie
Hund und Katze", dachte er. „Aber trotzdem ein
gutes Team. Weibliche Intuition, Besonnenheit und
Verständnis für die menschliche Psyche. Männlicher
Pragmatismus, strukturiertes Denken und Belastbar-
keit". Er dachte kurz darüber nach, wer außerdem noch

18

ins Team passen könnte, entschloss sich dann aber doch, zunächst die Situation zu entschärfen.

„Toni! Und sein Herrchen heißt Peter Naumann. Komm, du Scherzkeks, neben dir sitzt unsere Beste. Jetzt zeig dich mal von deiner charmanten Seite."

„Aber sicher, Chef."

Er legte seinen Arm um Feo und versuchte, sie zu sich heranzuziehen. Aber er spürte ihren Widerstand und lockerte seinen Griff. Sie bemühte sich, abgeklärt zu wirken.

„Ich denke, wir sollten jetzt aufbrechen. Tatort, Peter Naumann und 16 Uhr Teamsitzung in Lengerich?"

Heinz nickte.

Während sie aufstanden, flüsterte Klaus ihr ins Ohr: „Das Denken solltest du dem weltbesten Profiler überlassen."

Klaus und Feo hatten den dichten Verkehr hinter sich gelassen und fuhren stadtauswärts. Der letzte Mord hatte sich im Kneipenmilieu ereignet und war schnell aufgeklärt worden. Alkoholeinfluss, Drogen, eskalierender Streit. Heute lag der Fall völlig anders. Sie sprach mehr zu sich selbst:

„Eifersucht? Ein Beziehungsdrama?"

„Eine Zufallsbegegnung war es bestimmt nicht, eher von langer Hand geplant. Ich sag dir, der Typ ist gestört."

Lächelnd blickte er in ihre Richtung. „Geht doch", dachte Feo. Schon öfter war ihr aufgefallen, dass Klaus wesentlich umgänglicher agierte, wenn sie alleine waren. In Gesellschaft spielte er gerne den Macho.

„Die Autobahn ist mal wieder dicht. Lass uns über die

Dörfer fahren."

Klaus nickte zustimmend und nahm die nächste Abfahrt. Sie wurde ruhiger und genoss die Fahrt übers Land. Die grünen Hügel vor Tecklenburg tauchten auf. Sie fuhren die kurvenreiche Straße hinauf und passierten dabei ein Lokal, gelegen an den stillgelegten Bahngleisen. „Im „Fabula" gibts gute Pizza", dachte Feo wehmütig, denn hier hatte sie viele Stunden mit ihrem letzten Freund verbracht.

„Lange her", flüsterte sie leise.

„Bitte? Hast du was gesagt?"

„Ach nö, gute Pizza kann man hier essen, richtig gute."

„Du, nächstes Mal können wir da einkehren. Heute wirds zu knapp!"

Er blickte auf seine Uhr.

„Ach, muss nicht sein", erwiderte sie.

„Wie, bist du auf Diät? Jetzt, wo du es sagst. Hast ganz schön zugelegt, stimmts?"

Sie antwortete nicht, sondern blickte weiter aus dem Fenster.

„Du hast die Wegbeschreibung dabei? Dann lass uns zuerst zum Tatort fahren. Ruf doch bitte den Naumann an. Sag ihm, dass wir... äh, zwischen 13 und 14 Uhr bei ihm sind."

Feo wählte die Nummer in Lotte-Osterberg und hörte am anderen Ende eine dunkle Männerstimme, die müde klang.

„Bitte erst nach 14 Uhr. Ich möchte mich gleich hinlegen. Sie verstehen? Der Schock, ich bin völlig fertig."

„In Ordnung, Herr Naumann. Haben Sie einen Arzt aufgesucht? Das sollten Sie tun, bitte. Wir sehen uns später."

Klaus parkte den Wagen in Osterberg im Bereich eines Waldweges und gemeinsam folgten sie der Beschreibung, die Heinz ihnen aus der Akte gefischt hatte. Eine merkwürdige Stille machte sich breit. Flirrendes Licht fiel durch Lücken in den Baumkronen auf weiche Moospolster. Sie schritten zügig und schweigsam nebeneinander her.

Mit einer weit ausladenden Armbewegung drängte Klaus Gestrüpp zur Seite und ließ Feo den Vortritt.

„Hier muss es irgendwo sein. Ja, da vorne sind die Absperrungen. Komm, gib mir deine Hand, hier sind Löcher im Waldboden."

Zögernd nahm sie sein Angebot an, bis sie am Fundort der Leiche angekommen waren. Tief ein- und ausatmend schloss sie die Augen, während er das Rechteck abschritt.

„Was machst du da? Meditieren?"

„Jeder auf seine Art, Klaus."

Sie ließ sich nicht beirren, auch wenn sein Kommentar sie schon wieder nervte.

„Tschuldigung, ich wollte dich nicht stören."

„Das würde dir auch nicht gelingen."

Sie blickte sich um und fühlte plötzlich die Todesangst der jungen Frau, die hier im Waldboden verscharrt worden war. In letzter Zeit passierte ihr so etwas öfter. Sie zwang sich, ruhig zu bleiben und wandte sich wieder Klaus zu.

„Denkst du, das war auch der Tatort?"

„Die Spusi geht davon aus."

Sein Blick wurde plötzlich besorgt.

„Feo, was ist mit dir? Du bist ja ganz blass."

„Alles in Ordnung."

„Nichts ist in Ordnung, das sehe ich doch! Komm, setz dich hier auf den Baumstamm."

Widerwillig ließ sie sich nieder und nahm wortlos einen Schokoriegel an, den Klaus aus seiner Jackentasche gezogen hatte.

„Du darfst das nicht an dich heranlassen. Ich weiß, das ist leichter gesagt als getan. In der Theorie kann man sich abgrenzen, in der Praxis gelingt das nicht immer."

„Ich will das Schwein finden."

„Dann sind wir schon zu zweit."

Feo verbarg ihr Gesicht in beiden Händen und schluchzte kurz auf. Dann erhob sie sich, als wäre nichts gewesen und deutete Richtung Osten.

„Sieh mal, steht da hinten nicht ein Haus?"

„Ich sehe nichts."

„Doch, ich schätze, es sind 200 Meter."

„Dann sollten wir mal schauen, ob jemand etwas mitbekommen hat."

Sie traten zurück auf die schmale Waldstraße und Klaus beobachtete, wie Feo mehrmals tief durchatmete. Er blickte auf seine Armbanduhr.

„13 Uhr, Mittagszeit. Denkst du, wir sollten trotzdem stören?"

„Klar, wir haben noch eine ganze Stunde Zeit. Die sollten wir nutzen."

Das Haus lag hinter einem großen, gepflegten Vorgarten und während sie in Richtung Haustür gingen, sahen sie, wie dahinter der Blick weit ins Land ging. Nach mehrmaligem Klingeln öffnete ihnen eine Frau mittleren Alters. Beide zeigten ihre Dienstausweise.

„Sie kommen wegen der Leiche, stimmts? Ich hab heute schon darauf gewartet, dass wir befragt werden.

Kommen Sie herein."

Im Haus roch es durchdringend nach Kohl und Speck.

„Wir wollten gerade zu Mittag essen. Möchten Sie auch etwas? Es ist genug da."

Klaus zog eine Grimasse.

„Ich nehme Ihr Angebot gerne an. Aber meine junge Kollegin hier..."

Er stutzte, weil er sah, wie Feo ihn böse anfunkelte.

„Sie ist Vegetarierin."

„Das ist doch jetzt völlig unwichtig, Herr Kollege!"

Sie wandte sich ab und tat so, als wäre er Luft. Dabei notierte sie mit gesenktem Blick die Personalien der Frau.

„Haben Sie am Freitag irgendetwas Ungewöhnliches bemerkt?"

„Nein, nichts. Die Hunde haben ein paar Mal angeschlagen, aber das tun sie immer, wenn Wanderer hier vorbeikommen."

Aus dem Nebenzimmer trat mit schlurfenden Schritten ein alter Mann hinzu, an der Hand hielt er ein kleines Mädchen.

„Essen fertig?"

„Ja, Opa. Setz dich. Die beiden sind von der Polizei, wegen dem Mord."

Der Alte sah sie nicht an, während er den Zeigefinger hob.

„Polizei in unserem Haus? Muss das sein?"

„Ja, das muss sein. Wir gehen auch gleich wieder. Ist Ihnen am Freitag etwas aufgefallen?"

„Nein, am Freitag nicht. Aber ich kann Ihnen etwas über einen anderen Mord erzählen, an derselben Stelle."

Seine Tochter schüttelte im Hintergrund unwillig den Kopf und schickte die Kleine in den Garten hinaus.

„Lass gut sein, Opa. Das interessiert die Polizei nicht."

„Doch, doch, das interessiert uns sehr. Erzählen Sie uns alles, was sie wissen."

Der alte Mann blickte sie aus wässrigen Augen an und hob wieder den Finger.

„Es ist lange her, mehr als 200 Jahre..."

Seine Tochter verdrehte die Augen, während Klaus und Feo sich amüsiert anblickten.

„Na, dann gehen wir mal wieder. Hier ist unsere Telefonnummer, falls Ihnen noch etwas einfällt. Etwas, das sie in den letzten Tagen bemerkt haben."

Sie liefen schweigend zu ihrem Auto zurück und Feo betrachtete den parallel zur Straße verlaufenden kleinen Erdwall. In Höhe des Leichenfundortes gab es einen Durchbruch, der einige Meter breit war. Genau davor hatten sie geparkt, so dass sie ihn vorher in seiner gesamten Länge gar nicht wahrgenommen hatte. Sie warf einen letzten Blick in den Wald, dann stieg sie ein. Klaus saß bereits am Steuer und blickte sie fragend an.

„Was denkst Du, ist da was dran? Ich meine, an der alten Mordgeschichte."

Feo zuckte die Schultern.

„Ich glaube, der Opa ist verwirrt. War sicher ein Schock für ihn, dass man hier eine Frau getötet hat."

„Du kannst mich nicht leiden, stimmts?"

Sie zögerte einen Augenblick und schaute starr geradeaus. Warum hatte sie immer das Gefühl, ihm nicht gewachsen zu sein? Er brachte sie oft aus der Fassung.

„Ich mag es einfach nicht, wenn du dich über mich

lustig machst."

Klaus sah sie mit gespielter Entrüstung von der Seite her an, fuhr dann aber los.

„Frau Polizeihauptkommissarin, liebe Feo..."

„Herr Polizeioberkommissar, pass lieber auf. Da vorne ist eine Kreuzung."

Er trat erschrocken auf die Bremse und schluckte. Nach einer Weile sagte er leise:

„Glaub mir, das liegt mir wirklich fern. Wir arbeiten doch gut zusammen. Ich schätze dich sehr."

„Hmmm..." Feo verkniff sich ein Grinsen und schaute auf den Zettel mit der Adresse des Försters. Pünktlich um 14 Uhr standen sie vor dessen Haustür.

Klaus betätigte den messingfarbenen Klingelknopf und als niemand öffnete, drückte er, etwas energischer, ein zweites Mal darauf. Peter Naumann öffnete schlaftrunken und strich die zerzausten Haare glatt. Hinter ihm tauchte bellend sein Hund auf.

„Entschuldigung, ich war eingeschlafen. Kommen Sie!"

Er nestelte mit den Daumen an seinen Hosenträgern und zog sie über den Schultern zurecht.

„Kann ich Ihnen etwas anbieten? Wasser? Kaffee?"

„Gerne ein Wasser."

„Zweimal Wasser?"

Klaus und Feo nickten zustimmend und musterten besorgt den alten Herrn.

„Geht es Ihnen nach dem Mittagsschlaf etwas besser, Herr Naumann?"

Er seufzte.

„Ach, wissen Sie, seitdem meine Frau gestorben ist... Aber darum geht es heute ja nicht."

Er berichtete ausführlich, wie er die Tote entdeckt hatte. Seinen Augen unter den buschigen weißen Brauen war der Schreck anzusehen.

„Muss ich noch mal mitkommen zum Fundort? Ich glaube, das verkrafte ich nicht."

„Nein, nein, wir waren schon dort."

Der Förster seufzte erleichtert, das Wasser hatte er völlig vergessen.

Nach etwa einer Stunde verabschiedeten sich die beiden mit beruhigenden Worten und machten sich auf den Weg nach Lengerich. Die Märzsonne stand hoch am Himmel und hatte bereits eine erstaunliche Kraft.

„Die Polizeidienststelle liegt in der Bahnhofstraße. Müsste ziemlich am Ende sein. Hoffentlich ist es da kühler."

Die Straße erwies sich als recht lang.

„Da vorne, links!"

„Ja, ich sehe es. Der Chef ist auch schon da."

Sie parkten vor dem Gebäude und stiegen eilig aus.

„Der Kasten hat aber auch schon bessere Tage gesehen", meinte Feo und schüttelte den Kopf.

„War wohl mal mit Efeu bewachsen. Ein Eimer Farbe könnte nicht schaden. Gelbe Farbe."

„Oder lila?"

Klaus stand bereits am Eingang und winkte.

„Komm, Heinz Möller wartet nicht gerne!"

Der junge Polizeibeamte im Eingangsbereich lächelte freundlich.

„Kriminalhauptstelle Münster? Ja? Dann Ihre Ausweise bitte."

Routinemäßig hielten beide diese schon in der Hand

und ließen sich den Weg erklären.

„Treppe hoch, zweite Tür links."

Das gesamte Team war bereits in dem aufgeheizten Raum versammelt. Der 1. Kriminalhauptkommissar Möller ergriff das Wort.

„So, kurze Vorstellung... und dann habe ich Neuigkeiten für euch."

Er räusperte sich.

„Die Tote heißt Rita Esman."

Mit ernster Miene schilderte er den Münsteranern, dass die Lengericher Kollegen bereits seit Wochen nach der Schwester des Opfers suchten.

„Ihr könnt euch vorstellen, wie der Mutter zumute ist."

„Der Vater lebt nicht mehr?"

„Nein, er ist im letzten Jahr gestorben. Die Mutter ist mit ihren Töchtern erst vor Kurzem von Mettingen nach Lengerich gezogen. Sie hatte hier eine Arbeitsstelle als Krankenschwester gefunden."

„Lebten die Töchter bei ihr?"

„Nur eine davon, die Vermisste. Die Tote hatte eine eigene Wohnung, die gerade durchsucht wird. Vorhin war ich bei der Mutter, sie ist am Boden zerstört."

Alle schauten betreten drein, dann fragte Feo:

„Gibt es etwas Neues aus der Forensik? Und kann mal jemand den Ventilator einschalten?"

Heinz Möllers Gesicht hellte sich ein wenig auf.

„Gute Idee! In der Tat, ihr kennt ja die Locard´sche Regel: Kein Kontakt ohne Materialübertragung. Wir haben an der Kleidung von Rita ein kurzes, dunkles Haar gefunden. Es gehört einem Mann. Wir sollten jetzt zuerst ihren Freund überprüfen. Tim Wolters war einige Jahre mit ihr zusammen, zuletzt gab es wohl ständig Differenzen."

„Sagt das die Mutter?"

„Ja, Rita hatte Verehrer. Mehrere... Wir sollten alle überprüfen. Den Tim Wolters zuerst, der war ziemlich eifersüchtig."

„Tim, den Namen trug sie doch als Tattoo."

„Genau, neben dem Schmetterling. Er hat ein sehr seltsames Hobby, sammelt aufgepiekste exotische Schmetterlinge. Merkwürdig für einen jungen Mann."

„Sehe ich auch so."

Klaus und Feo beschlossen, die Kollegen aufzusuchen, die gerade Rita Esmans Wohnung inspizierten.

Heinz Möller tätschelte Feo beim Hinausgehen den Arm.

„Hat er sich ordentlich benommen?"

„Geht so."

„Nehmt ihr unseren Neuling mit? Komm, Carsten, schließ dich mal den beiden an."

„Puh, Chef, muss das sein? Dieser kleine Besserwisser?"

Klaus hatte ganz leise gesprochen, aber Carsten schien es gehört zu haben und drehte sich beleidigt zu Heinz Möller um.

„Na los, ihr drei! Beeilt euch, sonst machen die Kollegen Feierabend, bevor ihr da seid."

Das Acht-Parteien-Haus des Mordopfers lag in einer feinen Gegend und Feo betrachtete fasziniert die akkurat geschnittenen Rasenkanten im Vorgarten. Die Haustür war nur angelehnt. Im Treppenhaus duftete es nach Rosen und Feo fiel schlagartig ein, was man ihr in der Gerichtsmedizin berichtet hatte.

„Die Tote roch nach Anis. Sie hatte noch ein Anisbonbon im Mund, als man sie fand."

„Dann schauen wir gleich mal, ob wir davon auch welche in der Wohnung finden."

„Vielleicht stammte es ja auch vom Mörder", warf Carsten ein.

„Vom Mörder? Jetzt, wo du es sagst..."

Klaus grinste und klingelte im 1. Stock. An der Tür hing ein himmelblauer Blütenkranz, an dem ein „Willkommen"-Schild baumelte. Feo fühlte wieder Angst aufsteigen und war froh, als die Tür geöffnet wurde.

„Na, ihr Spusis! Dann berichtet mal dem Onkel Klaus, was ihr Interessantes gefunden habt. Vielleicht Anisbonbons?"

„Haare. Kurze, dunkle Haare. Und jede Menge Fingerabdrücke. Keine Bonbons. Wir sind gerade fertig geworden. Hier ist ein Tagebuch."

„Na gut, dann fahren wir jetzt auch nach Hause. Der Freund der Toten wird gerade überprüft. Ich wette, die Haare stammen von ihm. Wäre ja sonst auch zu einfach."

Er blickte Carsten an, der gerade etwas sagen wollte. „Was meinst du, Carsten?"

„Ich denke, die Haare sind vom Mörder."

„Kleine Wette?"

„Hört auf", zischte Feo.

Sie warf einen kurzen Blick in die schicke Wohnung. Alles roch nach Farbe und neuen Möbeln.

„Hier ist es wenigstens kühl."

„Gut isoliert, würde ich sagen."

„Bei mir zu Hause hab ich sicher wieder einen Backofen."

„Wo wohnst zu eigentlich?"

„In der Nähe vom Hafen, Schillerstraße, vor der Brücke und dann links."

„Ewaldistraße?"

Sie nickte und begab sich mit den anderen wieder zum Auto. Klaus fuhr diesmal direkt auf die Autobahn und beeilte sich, nach Münster zu kommen. Keiner sprach ein Wort und erst, als Carsten sich bemerkbar machte, blickte er sich nach ihm um.

„Wo wohnst du denn?"

„Am Aasee."

„War ja klar."

Nachdem sie ihn abgesetzt hatten, fragte er bewusst freundlich:

„Feodora, hast du Lust auf ein Bier?"

„Ein anderes Mal, danke! Ich muss erst mal lüften. Dritter Stock, unterm Dach, du verstehst?"

Sie war froh, als sie in die Ewaldistraße einbogen und verabschiedete sich rasch.

Oben angekommen, öffnete sie alle Fenster und ließ sich auf das große Sofa fallen. Zwei junge Frauen, die eine vermisst, die andere grausam getötet. Das fühlte sich nach einer Tat im Familien- oder Bekanntenkreis an. Ein verschmähter Liebhaber? Der Freund von Rita? Oder führte die Spur nach Mettingen? War vielleicht auch die Mutter gefährdet?

Müde griff sie nach der Wasserflasche auf dem Tisch und füllte ein Glas. Das Wasser war lauwarm, aber sie trank es in hastigen Zügen aus. Dann packte sie ihre Tasche für den folgenden Tag und legte einen Zettel darauf: Apfel, Banane und Mineralwasser mitnehmen!

„Heute gehe ich ungewaschen ins Bett", dachte sie

und musste lächeln. Oma hätte jetzt geschimpft. Bis vor Kurzem hatte sie noch bei ihrer Oma in Tecklenburg gewohnt. Jetzt lebte ihre Schwester dort, um sie zu umsorgen. „Komm, wenigstens Zähneputzen..." Sie schleppte sich ins Bad und sprang dann doch unter die Dusche. Endlich im Bett hatte sie Mühe, das Gedankenkarussell anzuhalten. Immer wieder sah sie die Bilder der zerschlagenen Glieder vor sich.

Feo hatte sich in der Nacht von einer Seite auf die andere gewälzt und als sie in den Morgenstunden endlich in einen kurzen unruhigen Schlaf gefallen war, klingelte unerwartet das Telefon. Zunächst wusste sie gar nicht, wo sie sich befand. Dann war sie plötzlich hellwach, weil sie dachte, verschlafen zu haben.
Sie griff zum Hörer und war erleichtert, die Stimme ihrer Schwester zu hören.
„Anna, Schwesterherz, wie spät ist es?"
„Kurz vor 8."
„Mist, doch verschlafen!"
Sie streckte sich und richtete sich auf, dabei rutschte sie hoch bis an das Kopfende und lehnte sich an die Wand.
„Anna, mir ist ganz schwindelig. Gestern hatten wir einen Mordfall, der mir sehr zugesetzt hat."
„Dann reden wir heute Abend in Ruhe darüber. Ich dachte, du wärst gerade beim Frühstücken. Wünsch dir trotzdem einen schönen Tag."
„Tschüss, Große! Das wünsch ich dir auch!"
„Tschüss, Kleine!"
Feo musste sich sputen. Mit Mühe erreichte sie den Bus an der Wolbecker Straße. Die Menschen um sie

herum waren schon frühlingshaft bekleidet, aber sie selbst hatte sich einen breiten Schal um den Hals geschlungen, weil die Müdigkeit sie frösteln ließ. „Hoffentlich hab ich mich gestern nicht erkältet“, dachte sie. „Wenn mein Urlaub schon ins Wasser fällt – und das wird er – möchte ich nicht auch noch husten und niesen müssen.“

Der Bus hielt in der Nähe der Kriminalhauptstelle und sie entdeckte beim Aussteigen ihre Kollegen Carsten und Klaus.

Carsten lehnte, mit einer Zigarette zwischen den Fingern, an einem der konischen Pfeiler. Klaus redete leise schimpfend auf ihn ein und Feo zog die Augenbrauen hoch.

„Seid ihr auch spät dran?“

„Nein, wir sind schon eine ganze Weile hier, aber ich musste unserem Neuzugang gerade einige Grundregeln erklären.“

„Ich würde vor allem das Rauchen einstellen. Hier vor dem Eingang, das geht doch gar nicht.“

Entschlossen betrat sie das Gebäude und die beiden folgten ihr schnellen Schrittes. In den Räumen der Mordkommission hatte sich bereits die Soko „Rita“ um Heinz Möller versammelt, der kurz aufblickte.

„Klaus und Carsten, ihr fahrt bitte nach Mettingen und besucht die Oma des Mordopfers. Wir brauchen außerdem alle Personen, die mehr oder weniger Kontakt mit Rita Esman hatten. Feo, wir beide sollten uns noch mal in Lengerich umschauen. Die anderen bleiben bitte vor Ort und kümmern sich um das weitere Vorgehen. Vielleicht braucht Klaus eure Unterstützung. Versucht auch herauszufinden, wo man rote Tücher mit weißen

Punkten kaufen kann."

Er zögerte nicht lange, sondern schob Feo zur Türe hinaus.

„Komm, wir nehmen den Aufzug. Mein Blutdruck..." Weiter kam er nicht, denn er sah, wie Feo auf seine Leibesfülle blickte und grinste.

„Meine Frau kocht einfach zu gut", sagte er lachend und nahm mit ihr die Treppe. Draußen stand bereits der Dienstwagen bereit.

„Ich hab wieder Brötchen dabei, heute mit Wurst." Feo verzog das Gesicht.

„Ach ja, stimmt. Nimm die Wurst einfach runter, es sind ja noch Gurkenscheiben drauf."

„Mach ich, gerne! Später."

In den Morgenstunden war die Autobahn meistens nicht so überfüllt, aber es waren an diesem Tag wieder zahlreiche LKW unterwegs. Trotzdem kamen sie zügig voran. Maria Esman empfing sie mit verweinten Augen und zeigte ihnen nach Aufforderung schweigend das Zimmer von Karola.

Feo nahm jeden Gegenstand in Augenschein und ließ sich Fotos der Vermissten zeigen.

„Sie ist tot, ich spüre das."

„Frau Esman, wir werden die Suche noch einmal intensivieren. Erzählen Sie uns alles, was Ihnen einfällt. Auch wenn Sie denken, es ist unwichtig."

„Sie war ein liebes Mädchen, eigentlich viel zu lieb", stammelte sie.

„Ja, das sieht man ihr auf den Fotos an."
Heinz Möller nickte.

„Können Sie sich vorstellen, dass jemand Ihnen Böses zufügen möchte?"

Maria Esman blickte ihn mit großen Augen an.

„Warum sollte denn jemand so etwas tun? Ich meine, jemand aus unserem Bekanntenkreis?"

„Und Tim? Wie denken Sie über Tim?"

Sie zuckte die Schultern.

„Eigentlich ein ganz netter Junge. Ein bisschen verrückt mit seinen Schmetterlingen und eifersüchtig auf jeden, der Rita angeschaut hat. Aber sonst..."

„Haben Sie schon einmal Anisbonbons bei ihm gesehen?"

„Nein, warum fragen Sie?"

Feo antwortete nicht, sondern fragte weiter.

„Sie sind wegen Ihrer Arbeitsstelle umgezogen?"

„Ja, wenn ich doch nicht darauf gedrängt hätte. Die Mädchen wären gerne in Mettingen geblieben. Und meine Mutter war natürlich auch traurig. Ich habe ihr bisher verschwiegen, dass Karola vermisst wird. Aber jetzt, wo Rita tot ist, muss ich ihr ja alles sagen."

Sie begann, heftig zu schluchzen und Heinz Möller beschloss, die Befragung zu beenden.

„Sie haben uns ja gestern schon alle Personen aus ihrem Umfeld genannt. Bitte denken Sie noch einmal nach. Vor allem die jungen Männer, mit denen Rita sich getroffen hat, interessieren uns."

Beim Hinausgehen wandte er sich noch einmal um.

„Wir tun alles, was in unserer Macht steht. Versprochen."

Draußen blickte Feo auf ihre Armbanduhr.

„Mein Magen knurrt. Aber es ist ja auch schon Mittag."

„Möchtest du jetzt das Wurst-, äh... Gurkenbrötchen? Hast du heute überhaupt schon etwas gegessen?"

Sie schüttelte den Kopf, zog ihre Wasserflasche aus der Tasche und nahm einen großen Schluck daraus.

„Ich brauch was Süßes, für die Nerven. Am Römer ist ein guter Bäcker. Wir können zu Fuß gehen, es ist nicht weit."

Sie bogen nach links in die Fußgängerzone ab. Feo schaute kurz auf, als sie am Buchladen vorbeigingen.

„Meine Schwester hat morgen Geburtstag. Ich brauche noch ein Geschenk. Vielleicht hole ich gleich einen Krimi für sie. Sie mag die skandinavischen Autoren."

„Das gibts nicht!"

Heinz Möller hatte sich umgedreht und wies aufgeregt auf einen Ständer mit Tüchern, aus denen etwas Rotes hervorlugte.

„Rot mit weißen Tupfen! Es ist nur eines, von allen anderen gibt es mehrere. Jetzt bin ich gespannt."

Sie betraten den Laden und steuerten direkt auf eine ältere Verkäuferin mit einem grauen Dutt zu. Wie sich herausstellte, hatte ein junger Mann um die dreißig am Jahresanfang etliche dieser Tücher gekauft. Die Verkäuferin hatte sich gewundert und auf Nachfrage erfahren, dass er sie für eine Überraschung brauchte.

„Würden Sie ihn wiedererkennen?"

Sie dachte kurz nach, verneinte dann aber.

„War er groß oder klein, dick oder dünn? Glatze, kurze oder lange Haare?"

„Eher klein und schmächtig, dunkel gekleidet. Aber an das Gesicht und die Haare erinnere ich mich nicht mehr. Tut mir leid."

Sie kauften das Tuch und bedankten sich.

„Wer braucht denn so viele Tücher auf einmal? Was hat der vor?"

Feo bekam eine Gänsehaut.

„Zwei Tücher hat er wahrscheinlich schon benutzt. Wir müssen das Team aufstocken und ihn stoppen. So schnell wie möglich."

Sie waren am Römer angekommen und Feo rückte einen der Stühle, die vor Blömker´s Bäcker-Bistro standen, zur Seite.

„Sieh mal, unter dem großen Baum stehen Holzstühle im Schatten. Sieht gemütlich aus."

„Ich bleib lieber in der Sonne, heute ist sie ja erträglich. Hier ist Selbstbedienung. Was möchtest du? Die Schnecken sind super. Und der Milchkaffee ist einmalig, mit viel Schaum."

Heinz Möller war vor einem Schild stehengeblieben.

„Hier gibts auch Flammkuchen, der wär mir lieber."

„Das Schild gehört zum Römer."

„Ach so! Ja, dann setze ich mich mal dort drüben hin. Wir bleiben ja in Blickkontakt."

„Ein paar Schritte weiter ist das Haus Werlemann. Die haben auch eine gute Küche."

„Nächstes Mal! Heute nehme ich den Flammkuchen."

Feo holte sich Kaffee und Kuchen und trug es auf einem Tablett nach draußen. Während sie den Milchschaum löffelte, dachte sie angestrengt nach. Jedes kleine Detail war wichtig, aber momentan hatte sie das Gefühl, auf der Stelle zu treten. Sie blinzelte in die Sonne und schloss die Augen. Es musste jemand aus dem näheren Umfeld sein. Klein und schmächtig, vielleicht mit kurzen, dunklen Haaren. Die Verkäuferin kannte ihn nicht. Vermutlich wohnte er nicht in Lengerich. Nach einer Weile trat Heinz Möller an ihren Tisch.

„Ich habe den Freund der Toten zum Verhör nach

Münster bestellt. Wenn wir jetzt losfahren, haben wir noch genug Zeit, um ein paar Telefonate zu führen. Ich erwarte ihn um 15 Uhr."

Auf dem Rückweg zu ihrem Auto blieb Feo vor dem „Kontor" stehen.

„Hier schaue ich mich immer gerne länger um, aber heute gehts schnell."

„Doch kein Buch zum Geburtstag?"

„Ich weiß nicht, ob Anna das, was mir vorschwebte, schon gekauft hat. Hier finde ich immer etwas, es geht wirklich schnell."

„Das hoffe ich", brummte Heinz Möller und blieb vor den bunt bepflanzten Töpfen mit Frühlingsblumen stehen. Nach zehn Minuten hatte Feo ihren Einkauf erledigt und hielt eine Weinflasche in der Hand, an der ein Umschlag baumelte.

„Wein?"

„Annas Lieblingswein. Und ein Gutschein, sie findet hier auch immer etwas Schönes."

„Deko?"

Er grinste sie breit an und meinte dann:

„Lass uns zurückfahren. Übernimmst du das Steuer? Ich habe ja noch meine Brötchen. Wenn ich die wieder mit nach Hause bringe, werden meine Rationen gekürzt."

Tim Wolters erschien pünktlich und entpuppte sich als freundlicher, wenn auch etwas verschrobener, junger Mann. Er zeigte sich kooperativ, aber Feo stellte fest, dass er bei gewissen Fragen nervös wirkte. Mitten im Gespräch klopfte jemand an die Tür und brachte einen Karton mit Briefen.

„Das haben wir in der Wohnung von Rita Esman gefunden und soeben ausgewertet. Es lohnt sich, darin zu lesen."

Feo beobachtete, wie Tim kreidebleich wurde und verteilte daraufhin demonstrativ ein gutes Dutzend Briefe auf dem Tisch. Nach einem kurzen Blickwechsel mit Heinz Möller begannen beide, darin zu lesen. Es waren Zeilen voller Hass.

Heinz Möller wirkte überrascht und sah seinem Gegenüber fest in die Augen.

„Was hat das zu bedeuten, Herr Wolters?"

„Gar nichts! Ich war nur so wütend, weil sie sich ständig mit anderen getroffen hat. Für mich hatte sie auf einmal keine Zeit mehr."

„Aber das hier ist unter der Gürtellinie. Sie waren doch immerhin einige Jahre zusammen."

Tim senkte beschämt seinen Blick.

„Ich dachte, das bleiben wir auch."

„Leeren Sie doch bitte mal ihre Hosentaschen. Die Jackentaschen bitte auch."

Der junge Mann sah ihn verständnislos an, dann holte er nacheinander eine kleine schwarze Geldbörse, ein Taschenmesser, seinen Ausweis, ein Kaugummi und einen zerknüllten Zettel hervor.

„Was ist das?"

„Mein Einkaufszettel."

„Zeigen Sie mal."

Feo faltete den Zettel auseinander und reichte ihn nach einem kurzen Blick darauf zurück.

„Sie können gehen. Aber halten Sie sich bitte bereit, falls wir noch Fragen haben. Hier ist meine Telefonnummer, falls Ihnen noch etwas einfällt."

„Glauben Sie mir, die Briefe waren ein Ausrutscher!"

„Schon gut. Auf Wiedersehen."

Nachdem er gegangen war, stand Feo auf und öffnete das Fenster.

„Er war es nicht. Aber er hat etwas zu verbergen."

„Sehe ich genauso."

„Ich bin gespannt, ob die anderen weitergekommen sind."

„Hmmm... Sie müssten gleich hier sein, wir machen noch eine Abschlussbesprechung."

Er zog das rote Tuch mit den weißen Tupfen aus der Einkaufstüte und legte es vor sich auf den Tisch.

Die Besprechung brachte keine gravierenden neuen Erkenntnisse. Lediglich Klaus berichtete, dass kurz vor Karolas Verschwinden ein junger Mann vor dem Haus in Mettingen gewartet und nach ihr gefragt habe. Sie hatten der alten Dame vorsichtig erklärt, dass ihre Enkelin verschwunden war.

„Für heute Feierabend, wir kommen momentan doch nicht weiter."

Feo wollte sich gerade ihren Schal um den Hals schlingen, als ihr Handy läutete.

„Aha... soso... hmmm... interessant! Vielen Dank!"

Sie beendete das Gespräch und blickte in die Runde.

„Tim Wolters hat wohl ein schlechtes Gewissen. Ihm ist doch noch etwas eingefallen. Am Abend von Karolas Verschwinden hat er sie gesehen, als sie mit dem Bus von der Arbeit kam. Ein junger Mann mit Fahrrad hat sie angesprochen und sie sind gemeinsam Richtung Osnabrücker Straße gefahren. Karola hatte ihr Fahrrad an der Bushaltestelle stehen."

„Beschreibung?"

„Ein halbes Würstchen, sagte er.“

„Sonst nichts?“

„Aus der Entfernung konnte er nicht mehr erkennen.“

„Und warum fällt ihm das jetzt erst ein?“

„Er wollte, dass Rita sich Sorgen macht.“

„Pah, so ein Idiot! Na ja, besser jetzt als gar nicht.“

Feo beschloss, auf schnellstem Wege nach Hause zu fahren, um mit Anna zu telefonieren. Details des Mordfalls konnte sie nicht preisgeben, aber es tat immer gut, mit jemanden zu reden, der sie ohne große Worte verstand. Sie freute sich auf die kleine Geburtstagsfeier am nächsten Tag, auf ihre Oma, Tanten und Freunde. Sie war guter Dinge und trällerte auf dem Weg zum Bus sogar ein Liedchen.

Sie tappen im Dunkeln! Ich hab also alles richtig gemacht! Sollte ich ein schlechtes Gewissen haben? Nein, das wäre Unsinn. Verdient hatte sie es, wie auch Karola und all die anderen, die noch folgen werden. Gottes Mühlen mahlen langsam, aber gerecht. Ganz ehrlich: Ich hab sie gehasst! Persönlich hat sie mir nichts getan, aber ihre Schuld wog schwer! Ich sorge also nur für späte Gerechtigkeit. Einen Moment hab ich überlegt, ihr den Schlüssel abzunehmen, bevor ich sie vergraben habe. In ihrer Wohnung waren ja etliche Wertsachen, die man zu Geld hätte machen können. Jetzt erben ihre Verwandten, das ist nicht gut. Ich sollte mich schlaumachen. Vielleicht finde ich unter ihnen schon die nächste Kandidatin. Mein Telefonbuch ist momentan meine Lieblingslektüre. Es müssen Frauen

sein; ganz gleich, ob jung oder alt. Ich bin nicht sehr groß und auch nicht durchtrainiert. Ein Stubenhocker, wie meine Eltern immer sagten. Wie mir das auf die Nerven geht! Jetzt lebt nur noch meine Mutter und liegt mir in den Ohren. In den letzten Monaten hab ich mich gar nicht mehr bei ihr gemeldet. Wenn ich von der Arbeit komme, hab ich einfach keine Lust mehr, mich körperlich zu betätigen oder mir ihr Gejammer anzuhören. Ich hab noch nie ihren Ansprüchen genügt. Jetzt kann sie mich mal.

Neue Frauen lernt man so natürlich auch nicht kennen, das kannst du dir sicher vorstellen. Zu diesem Zweck muss ich schon aus meinem Schneckenhaus herauskommen. Meine jetzige Freundin wird mir auch langsam zu anstrengend, eigentlich sind wir gar nicht mehr zusammen. Sie sagt immer, ich wäre faul. Meine Mutter hat sie auch noch nie gemocht. Aber das ist mir egal. Sie denkt wohl, dass sie sich immer noch in meine Angelegenheiten einmischen kann. Aber nicht mit mir! Dann werde ich ungemütlich. Zweimal war ich im „Samocca", hier in Lengerich. Der Kuchen war wirklich gut, aber junge Frauen gehen wohl eher nicht zum Kaffeetrinken. Ein Paar mittleren Alters hab ich gesehen, einen Mann mit Laptop und einige fröhliche Rentnerinnen. In Münster im „Schwarzen Schaf" oder in Osnabrück im „Alando" finde ich schon eher das, was in mein Beuteschema passt.

Sie schauen mir immer ganz fasziniert ins Gesicht. Ich bin ein schöner Mann, nicht stark, aber schön. Gegen eine Frau kann ich kräftemäßig antreten, selbst wenn sie sich wehrt. Rita hat sich gewehrt. Ich musste mich auf ihren Körper setzen. Erst rücklings auf ihre

Oberschenkel, dabei hat sie wie wild auf mich einge-
schlagen und mir den Rücken zerkratzt. Ihr Geschrei
war markerschütternd. Als ich mit ihren Beinen fertig
war und mich umdrehte, hatte sie sich gerade einen
Ast gegriffen und wollte ausholen. Ich hab ihr ins
Gesicht geschlagen, weil ich so wütend war. Wäre
ihr das gelungen, hätte sie mich außer Gefecht setzen
können. Möglicherweise wäre sie geflohen. Anderer-
seits – laufen mit gebrochenen Knochen? Nicht mal
kriechend wäre sie mir entkommen.

Was ich beginne, führe ich zu Ende. Auch wenn sie
heftig mit den Armen gerudert hat. Irgendwann wurde
es mir zu bunt. Ich hab das Rad auf den Kehlkopf
sausen lassen, die Schnur um ihren Hals gelegt und
festgezurrt. Das rote Tuch mit den weißen Punkten
war locker darüber gebunden. So, wie es sich gehört.
Ich habe eine Menge davon. Genauer gesagt, waren es
zehn Stück. Das ist mein Ziel. Zehn ist eine gute Zahl.

Eine bleierne Schwere hatte sich über die Ermittlun-
gen gelegt. Alle waren erschöpft und frustriert. Selbst
Heinz Möller wirkte nervös und fahrig. Jeder wusste,
was auf dem Spiel stand.

Feo las immer wieder den Befundbericht durch. Man
hatte keine Medikamente, keinen Alkohol festgestellt.
Die Gelenke waren mit rostigem Metall zerschlagen
worden. Der Mörder hatte mit enormer Wucht zugeschlagen. Das konnte nur jemand tun, der einen großen
Hass in sich trug. So sahen die Kollegen es ja auch.
Zusätzlich hatte er Rita Esman mit einem Seil stran-

guliert. Sicher war sie schon vorher vor Schmerzen in Ohnmacht gefallen. Oder hatte der Mörder ihr die schweren Verletzungen erst hinterher zugefügt? Warum hatte er ein blutrotes Tuch über das Seil geknotet? Wollte er das Seil darunter verstecken, weil er den Anblick nicht ertragen konnte? Oder hatte das Halstuch für ihn Symbolkraft? Die Tote war rot gekleidet und trug weiße Schuhe. Das konnte kein Zufall sein. Sie dachte an den Tatort, an den Geruch des Waldbodens, an die Moose und Farne hinter dem Erdwall. War der Tatort sorgsam ausgewählt worden? Rita war dort gestorben, sie musste geschrien und um Hilfe gerufen haben. Warum hatte das niemand gehört?

Feo schreckte hoch, weil Klaus sie angesprochen hatte.

„Entschuldige, Klaus, ich war mit meinen Gedanken gerade..."

„Bei deinem Freund? Wie hieß er doch gleich?"

„Hab keinen Freund mehr. Ist vorbei, schon länger."

„Aber ich hab doch erst kürzlich mitbekommen, dass du mit ihm telefoniert hast."

„Du bist ganz schön neugierig. Ja, er hat mich angerufen. Aber wir sind nicht mehr zusammen."

„Wieso denn?"

„Klaus, du nervst!"

„Aber..."

„Er war unzuverlässig, unordentlich und seine Mutter hat auch immer dazwischengefunkt. Bist du jetzt zufrieden?"

Klaus grinste und Feo boxte ihm wütend in die Rippen. Schon wieder war sie auf ihn hereingefallen. Sie ärgerte sich, vor allem, weil sie heute wieder mit ihm nach Osterberg fahren sollte. Klaus klopfte mit dem

Zeigefinger auf seine Armbanduhr.

„Peter Naumann soll noch mal befragt werden. Wollen wir?"

Sie vermied es, ihn anzusehen und sprach auch während der Fahrt nur das Nötigste.

„Du hast früher in Tecklenburg gewohnt?"

„Hmmm."

„Schönes Fachwerkstädtchen."

„Ja."

„Wollten wir nicht mal ins „Fabula"?"

„Heute nicht."

„Machst du gleich die Befragung?"

„Warum?"

„Du bist einfach besser darin. Vielleicht fällt ihm doch noch etwas ein. Obwohl der Tatort ja gründlich untersucht wurde."

Nach 45 Minuten hatten sie die alte, kleine Siedlung erreicht, in der Peter Naumann wohnte. Schon von Weitem sahen sie den TV-Wagen vor dem Haus des Försters, dessen Hund wütend am Zaun hochsprang und bellte.

„Das glaube ich jetzt nicht! Lasst den alten Mann in Ruhe!"

Wütend hämmerte Klaus gegen den Wagen.

„Verschwindet von hier!"

Langsam setzten die Reporter sich in Bewegung. Klaus zog sein Handy aus der Jackentasche und wählte die Nummer von Peter Naumann.

In den Häusern links und rechts hatten sich die Nachbarn weit aus den Fenstern gelehnt. Einige standen bereits auf der Straße.

„Sie sind weg. Sie können die Türe jetzt öffnen."

„Ich kann nicht mehr, bitte verstehen Sie das. Ich kann jetzt nicht mit Ihnen sprechen. Es ist alles zu aufregend für mich."

„Können Sie uns noch irgend etwas Neues sagen?"

„Ich habe Ihnen schon alles gesagt, was ich weiß. Bitte! Ich muss mich wieder hinlegen."

Er hatte, ohne eine Antwort abzuwarten, aufgelegt.

„Diese Idioten! Lass uns gehen, ich muss wieder runterkommen."

„Will er nicht mit uns reden?"

Klaus schüttelte den Kopf.

„Komm, die Mordstelle ist gleich um die Ecke. Wir fahren noch mal hin", sagte Feo.

Sie fuhren Richtung Wald und parkten vor dem Haus des alten Herrn, den sie bereits befragt hatten. Diesmal roch es nach Rotkohl. Er stand im Vorgarten und blickte auf, als er sie sah.

„Schon wieder Polizei?"

„Alles gut! Wir wollen nur einen kleinen Spaziergang machen."

„Guck mal, Feo, ich glaub, ich spinne! Da vorne steht der TV-Wagen und die Reporter zertrampeln den Fundort."

„Fahr weiter! Einfach weiter geradeaus! Das bringt jetzt alles nichts!"

Klaus war außer sich und schimpfte, bis sie nach 600 Metern wieder eine Hauptstraße erreicht hatten. Sie steuerten die Polizeidienststelle in Lengerich an, um sich noch einmal nach der Vermissten zu erkundigen. Aber Karola Esman blieb verschwunden.

In Lengerich machten sich Angst und Schrecken breit, denn die meisten glaubten nicht mehr an eine Beziehungstat. Die Straßen waren selbst am Tage leerer als sonst, und wenn die Menschen zusammentrafen, gab es kaum ein anderes Thema. Viele Mütter holten ihre Töchter von der Schule ab oder warteten abends mit dem Auto, wenn es irgendwo eine Veranstaltung gab. Ritas Mutter überlegte, ob sie nicht wieder nach Mettingen heimkehren sollte. Es war ihr ohnehin schwergefallen, die alte Mutter zurückzulassen. Einzig und allein der Gedanke, dass Karola lebend gefunden werden könnte, ließ sie in ihrem neuen Zuhause ausharren. An Arbeit war nicht zu denken und sie war auf längere Zeit krankgeschrieben.

Feo gingen Schicksale wie diese unter die Haut. Sie wurde immer deprimierter, weil ihr Team keine einzige Spur fand. Der Mörder schien wie vom Erdboden verschluckt zu sein. Lediglich das verdächtige Haar stammte offenbar von ihm. Keiner der jungen Männer aus dem Umfeld von Rita stimmte mit der am Tatort gefundenen DNA überein. Feo hatte lange geglaubt, unter ihnen den Täter zu finden. Aber bei den Verhören versagte ihr Bauchgefühl, auf das sie sich meistens verlassen konnte. Karola hingegen hatte kaum Kontakte gehabt, und das war ihr noch unheimlicher.

Mitten in eine lautstarke Teamsitzung hinein platzte der Leiter der Mordkommission, Heinz Möller, auf den alle schon gewartet hatten.

„Entschuldigt bitte! Er hat wieder zugeschlagen! Ich bekam vorhin einen Anruf aus Osnabrück. Seit ein paar Tagen wurde dort eine junge Frau vermisst."
„Und?"

„Heute in der Frühe hat man eine Leiche gefunden, sie wird gerade untersucht. Aber die Beschreibung passt zu ihr."

„Warum erfahren wir jetzt erst davon?"

„Tja, sozialschwache Familie, Drogenprobleme, Alkohol. Man hat sie erst gestern Abend als vermisst gemeldet."

Im Raum blieb es totenstill, bis Heinz Möller fortfuhr.

„Wir hatten es bislang mit Rita Esman und ihrer Schwester zu tun, die wahrscheinlich auch nicht mehr lebt."

Er schwieg einen Moment und hatte dabei Feo fest im Blick.

„Die Tote von heute Morgen ist vermutlich Elke Eschmeyer."

Alle Blicke richteten sich plötzlich auf die Kollegin.

„Alter Schwede!"

Klaus wurde bleich vor Schreck, aber er merkte, dass Feo noch gar nicht realisiert hatte, um was es ging.

„Esman, Eschmeyer... und du heißt Esmeier. Das kann doch kein Zufall sein!"

Feo bekam plötzlich weiche Knie.

„Wo hat man sie gefunden?"

„Wieder im Habichtswald, in unmittelbarer Nähe des Jagdschlosses."

„Das ist doch eine Event-Location, Hochzeiten und so... Der Mörder hat Nerven! Diesmal wird jemand etwas gesehen haben."

„Wir müssen ihn aufhalten", stammelte Feo.

Heinz Möller wirkte sehr besorgt.

„Du bist ab jetzt nur noch in Begleitung eines Kollegen unterwegs. Hörst du? Klaus kann dich abends nach Hause bringen."

„Natürlich! Mache ich!"

Er nahm sie fürsorglich in die Arme und diesmal war Feo froh, sich am Kollegen festhalten zu können.

„Ab jetzt sollten wir völlig umdenken. Vielleicht geht es um einen alten Familienstreit, eine Erbschaft, wer weiß?"

„Feo, denkst du, du schaffst es, heute noch mal in den Habichtswald zu fahren?"

„Ja, klar!"

„Okay, dann das Übliche. Du fährst mit Klaus und Carsten, die anderen teilen sich auf. In Osnabrück beginnen wir zunächst damit, die Familie zu befragen. Der Rest ergibt sich vor Ort. Esman, Eschmeyer, Esmeier, merkwürdig."

„Denkst du, Chef, wir sollten alle Namensträger warnen?"

Heinz Möller überlegte kurz.

„Daran habe ich im ersten Moment auch gedacht, aber es sind sicher zu viele, die so oder ähnlich heißen. Vielleicht sind wir damit auch auf einer völlig falschen Fährte."

„Und würden dadurch Panik auslösen."

„Stimmt. Wir sollten alle Anzeigen durchforsten, die mit Familienstreitigkeiten zu tun haben, Buchstabe E. Selbst ein Nachbarschaftskrieg hat schon mit Mord und Totschlag geendet, das sollten wir auch nicht vergessen."

„Wir machen uns dann mal auf den Weg. Wir kennen ihn ja mittlerweile zur Genüge."

Heinz nickte wortlos.

Der Tatort war bereits von der Spurensicherung freigegeben worden und die drei standen sprachlos auf einem kleinen, friedlich daliegenden Platz in Sichtweite des Lokals. Der Mörder hatte sich diesmal nicht einmal die Mühe gemacht, die Leiche zu vergraben. Nichts deutete auf einen Kampf hin. Die Suche nach möglichen Zeugen erwies sich wieder einmal als sinnlos, weil das Lokal geschlossen hatte.

„Mir ist schlecht."

Feo hielt sich eine Hand vor den Mund.

„Alles wird gut. Setz dich ins Auto, wir machen alleine weiter."

Klaus brachte den Beifahrersitz in die Waagerechte und Carsten stand stumm daneben.

„Ich bin so froh, dass er heute kein dummes Zeug von sich gibt", flüsterte Feo.

„Klaus, ich glaub, ich brauch eine Auszeit."

„Sehe ich auch so. Was ist mit deinem Urlaub?"

„Gestrichen."

„Vielleicht hilft es schon, wenn du ein paar Tage zu Hause bleibst."

Sie nickte matt und war froh, als die beiden beschlossen, die Begehung zu beenden. Nach kurzer Fahrt erreichten sie Lengerich.

„Was hältst du davon, wenn wir dich in einem Café absetzen und du einen starken Kaffee trinkst?"

„Lieber Pfefferminztee."

„Kann man hier direkt vor einem Café halten, damit du nicht laufen musst?"

„Ja, ich hab gehört, in der Münsterstraße gibt es was Nettes. Ist relativ neu."

„Gut, das nehmen wir. Du wartest auf uns, während wir die Kollegen noch mal aufsuchen."

Das „Samocca" erwies sich als Glücksfall. Die Bedienung sah sofort, dass die Kriminalbeamtin ein ruhiges Plätzchen brauchte und zeigte ihr einen Tisch im hinteren Teil. Klaus und Carsten versprachen, sich zu beeilen.

Eine fröhliche junge Frau brachte die Karte und zählte das Kuchenangebot auf.

„Beim nächsten Mal gerne, ihre Torten sehen wirklich gut aus. Heute nehme ich nur einen Tee, am liebsten Pfefferminze."

Sie bemühte sich, zu lächeln, obwohl gerade wieder ihr Magen rebellierte. Um sich abzulenken, las sie den Flyer zu den Kaffeespezialitäten durch, der vor ihr auf dem Tisch lag. Sulawesi Kalossi, Santos Oberon, Sidamo...

„Ich empfehle Ihnen den Monsoon Malabar!"

Feo blickte erstaunt auf und sah in das lächelnde Gesicht eines jungen Mannes.

„Der kommt aus Indien und trägt den Geschmack des Monsun, leicht nussig. Säurearm ist er auch."

„Sie kennen sich ja offensichtlich gut aus."

„Ich bin öfter hier. Mir gefällt das Konzept. Das „Samocca" ist ein Projekt der Ledder Werkstätten. Hier arbeiten Menschen mit Behinderungen. Und das weitestgehend selbstständig."

„Interessant! Habe ich nicht gewusst."

„Darf ich mich zu Ihnen setzen?"

Sie zögerte einen Augenblick, aber er hatte sich bereits einen Stuhl an ihrem Tisch zurechtgerückt und Platz genommen.

„Ich habe Sie hier noch nie gesehen. Kommen Sie aus Lengerich?"

„Nein, ich... ich wohne in Münster."

„Machen Sie einen Besuch?"

„Ich bin... äh, beruflich hier."

„Hmmm..., was machen Sie denn beruflich?"

„Ist das wichtig?"

Feo musterte sein Gesicht und fragte sich, ob sie sich auf einen Flirt einlassen sollte. Der Zeitpunkt war ungünstig und sie entschied sich dagegen.

„Nehmen Sie es mir nicht übel, aber ich fühle mich momentan nicht wohl."

Die Bedienung bog gerade um die Ecke, in der Hand ein Glas Tee.

„Vorsicht, sehr heiß. Er muss noch ein paar Minuten ziehen."

„Was darf ich Ihnen bringen?"

„Wie immer!"

„Monsoon Malabar, gerne!"

Er berührte ganz kurz Feos Arm und sie bemerkte erstaunt, dass es sich vertraut anfühlte.

„Ich möchte dich gerne wiedersehen. Hast du am Samstag Zeit?"

Sie zögerte erneut, denn der ganze Ärger der letzten Monate fiel ihr wieder ein. Sie hatte die Nase gestrichen voll, wollte aber auch nicht unhöflich sein. Vielleicht war es auch ungerecht, alle über einen Kamm zu scheren. Sie blickte ihn offen an und bemerkte seine feinen Gesichtszüge.

„Also, was sagst du?"

Erst jetzt fiel ihr auf, dass er vom Sie zum Du gewechselt hatte. Sollte sie zusagen? Er war noch so jung, höchstens dreißig. Sie fühlte sich geschmeichelt.

„Ich fahre wahrscheinlich Samstagabend zu meiner

Schwester nach Tecklenburg, tut mir leid. Aber man könnte vielleicht nächste Woche mal telefonieren."

„Das ist eine gute Idee. Warte, ich muss mal eben mein Handy suchen. Ich hab eine neue Nummer."

Feo zog eine Visitenkarte aus der Tasche und reichte sie herüber. Er nahm sie lächelnd in die Hand.

„Kripo? Spannend...!" Er zögerte.

„Ich glaub, ich hab mein Handy vergessen. Aber ich rufe dich an, ganz sicher. Fühl dich heute eingeladen!"

Sie stutzte, aber ehe sie etwas sagen konnte, war er aufgestanden, um an der Theke zu bezahlen. Dabei wäre er beinahe Klaus und Carsten in die Arme gelaufen, die geradewegs auf Feo zusteuerten.

„Wer war das denn?"

„Keine Ahnung, ich weiß nicht mal seinen Namen. Aber er hat jetzt meine Nummer. Er hat mich überlistet."

„Der ist doch viel zu jung für dich. Du hast ihm doch nicht etwa deine Privatnummer gegeben?"

„Wo denkst du hin?"

„Dann bin ich beruhigt. Was sagst du dazu, Carsten?"

„Tja, wo die Liebe hinfällt."

Feo verdrehte die Augen und trank den Rest ihres Tees. Dann zeigte sie aus dem Fenster.

„Guckt mal, man kann hier auch draußen sitzen und da vorne ist noch ein Lädchen. Kann ich kurz reingehen?"

„Geht es dir denn besser?"

„Ja, Pfefferminztee hilft immer."

„Na gut, wir probieren mal den Kaffee. Wie es aussieht, wird der hier frisch geröstet. Feine Sache."

Feo schwankte beim Aufstehen und schloss für einen Moment die Augen. Die beiden Männer hatten es nicht bemerkt. Sie holte tief Luft und nahm den Hinterausgang. Der Laden war nur wenige Schritte entfernt. Im Schaufenster entdeckte sie einen kleinen, weißen Porzellanfrosch mit goldener Krone. Vielleicht ein gutes Omen, dachte sie und betrat das Geschäft, um ihn zu kaufen und sich noch ein wenig umzusehen. Auf dem Rückweg in das Café fühlte sie ihr Herz laut klopfen und die Gespräche der Gäste hörten sich an, wie durch Watte. Es kam ihr sehr entgegen, dass die anderen bereits ihren Kaffee getrunken hatten. Während sie zum Auto gingen, wurden ihre Knie wieder weich. Sie machte sich jetzt ernsthaft Sorgen und die Rückfahrt kam ihr unverhältnismäßig lang vor. Klaus setzte Carsten an der Dienststelle ab und fuhr dann mit Feo in die Ewaldistraße.

„Soll ich noch mit hochkommen?"

„Danke, ist lieb von dir. Aber das schaffe ich alleine. Du könntest mir allerdings beim Blumengießen helfen."

„Blumengießen?"

Klaus schaute sie verwundert an.

„Ja, guck nicht so. Gegenüber, unter dem alten Baum, habe ich Blumen gepflanzt. Das machen einige hier. Ich muss das Wasser aus dem Keller holen und die Kanne ist recht schwer."

Klaus half gerne und versorgte die Frühlingsblumen mit Wasser. Als er sich aufrichtete, entdeckte er in Augenhöhe ein frisch eingeritztes Herz im Baumstamm.

„F+H und drumherum ein Herz... Warst du das?"

Sie trat hinzu und wurde blass.

„Dieser Idiot! Ich habe schon länger das Gefühl, dass mein Ex mich verfolgt und abends ums Haus schleicht.

Aber ein Herz? Eigentlich ist er wütend auf mich. Wir sind im Streit auseinandergegangen."

„Wohnt er denn in der Nähe?"

„Ja, gleich um die Ecke, in der Ottostraße."

„Bist du wirklich sicher, dass er eine weiße Weste hat? Vielleicht will er sich an dir rächen. Ich meine, die Namensähnlichkeit mit Esmeier..."

„Dazu ist der viel zu feige. Nein, das kann ich mir nicht vorstellen. Der bekommt doch nichts geregelt."

„Ich weiß nicht. Es sind doch oft die Harmlosen, Unauffälligen, die wir dann als Mörder entlarven."

Feo zuckte mit den Schultern.

„Lass uns ein anderes Mal darüber reden. Ich bin fix und fertig."

„In Ordnung, die Arbeit ruft auch. Melde dich, wenn ich etwas für dich tun kann. Und iss etwas. Hast du Zwieback im Haus?"

„Alles da, Klaus. Ich wusste gar nicht, dass du so nett sein kannst."

Er fuhr grinsend davon und Feo stieg die Treppe hinauf. In ihren Ohren pulsierte das Blut. Oben angekommen öffnete sie alle Fenster, schloss aber die vorderen gleich wieder, weil aus der Etage unter ihr Zigarettenqualm hochstieg. Ihr Blick fiel wieder auf den Baum mit dem Herz und das Pfeifen in den Ohren wurde stärker. Sie beschloss, Anna anzurufen und erzählte ihr von den Ereignissen der letzten Tage. Anna hörte besorgt zu.

„Soll ich nach Münster kommen?"

„Brauchst du nicht. Bleib lieber bei Oma. Wie geht es ihr denn?"

„Och, ganz gut. Komm uns doch bald mal wieder

besuchen. Was hältst du von Samstag?"

„Das hatte ich mir schon vorgenommen. Samstag-abend gegen 8 Uhr? Ich bleibe dann über Nacht. Es war so schön bei deiner Geburtstagsfeier und mir tut es gut, hier mal rauszukommen. Wir könnten Sonntag-vormittag mit Oma bei Rabbel frühstücken."

„Das ist eine gute Idee! Geh früh schlafen, Kleine. Hörst du?"

„Mache ich. Du brauchst dich auch nicht um mich zu sorgen, mein Kollege Klaus kümmert sich gerade ganz rührend um mich."

„Der Spinner?"

„Ich weiß auch nicht. Man kann ihn schwer einschät-zen. Manchmal hat er so einen abweisenden, arrogan-ten Blick drauf. Dann versucht er wieder, auf Teufel komm raus witzig zu sein. Ich lerne ihn gerade von einer ganz anderen Seite kennen."

„Wir versuchen jetzt seit so vielen Jahren, Männer zu analysieren und zu verstehen. Ich habs aufgegeben."

„Und sie verstehen uns auch nicht, schade."

In diesem Moment fiel Feo ein, dass sie ihrer großen Schwester noch gar nichts von ihrer Begegnung im „Samocca" erzählt hatte. Sie musste lachen, als sie vom großen Altersunterschied berichtete.

„Ich bin Anfang vierzig und der war sicher mehr als 10 Jahre jünger."

„Das macht doch nichts. Lass dich einfach mal über-raschen. Ich bin seit meiner Scheidung alleine, weil ich mir immer zu viele Gedanken gemacht habe. Mach nicht den gleichen Fehler."

Annas Worte wirkten nach, als Feo sich auf dem Sofa in eine Decke gekuschelt hatte. Sie betrachtete den weißen Frosch, den sie vor sich auf den Tisch gestellt hatte. Ob er anrufen würde? Ihre Augen fielen zu, während sie ihre Hände auf den rumorenden Bauch legte. Mitten in der Nacht schreckte sie hoch, weil das Telefon läutete. Zuerst wusste sie gar nicht, wo sie war, dann tapste sie im Dunkeln zum Telefon und nahm den Hörer ab. Für ein paar Sekunden hörte sie ein hektisches Atmen, dann war Stille. Der Anrufer hatte aufgelegt, die Nummer war unterdrückt. Sie versuchte, sich selbst zu beruhigen und betätigte den Lichtschalter. Dann kochte sie sich einen Tee und begab sich ins Schlafzimmer. „Da hat sich bestimmt jemand verwählt", dachte sie, legte sich ins Bett und fiel erneut in einen tiefen Schlaf.

Ein lautstarkes Scheppern ließ sie hochfahren. Sie hatte das Licht angelassen und war sofort hellwach. Ihr war, als hätte jemand einen spitzen Schrei ausgestoßen. Sie horchte in die Nacht, aber es blieb alles ruhig. Die Augen reibend fragte sie sich, ob ihre Nerven ihr einen Streich gespielt hatten. Aus dem ersten Stock hörte sie den komischen Kauz schimpfen, den sie im Sommer immer in kurzen Shorts und im Winter in einer Art Jogginghose sah. Vermutlich besaß er nur diese beiden. Klaus hatte recht, jedem war ein Mord zuzutrauen. Vielleicht hatte sogar dieser Nachbar das Herz in den Baum geritzt, er hieß Hans. Seitdem sie hier lebte, versuchte er, sie auf ein Likörchen in seine Wohnung einzuladen. Sie schüttelte sich, weil sie an seine Alkoholfahne denken musste, die einem schon in der Frühe entgegenschlug. Unten im Haus wohnten die Besitzer, ein Rentnerehepaar. Direkt unter ihr eine ältere Dame mit ihren beiden Söhnen. Alle qualmten wie ein Schlot. Sie würde am nächsten Tag die Nachbarn fragen, ob sie in der Nacht etwas gehört oder gesehen hätten. Bevor sie das Licht löschte und die Augen wieder schloss, warf sie einen Blick auf die Uhr. Es war kurz nach Mitternacht.

Am nächsten Morgen beschloss Feo, beim Bäcker Brötchen zu holen. Als sie zurückkehrte, bemerkte sie, dass einige ihrer Nachbarn im Garten hinter dem Haus standen. Der Besitzer schüttelte heftig den Kopf.

„Frau Esmeier, schauen Sie sich das an. Irgendjemand muss letzte Nacht versucht haben, an der Regenrinne hochzuklettern. Alles ist runtergekommen. Sie sind doch bei der Polizei. Was sagen Sie denn dazu?"

Feo bekam wieder weiche Knie.

„Ich werde gleich meinen Kollegen Bescheid sagen. Das sieht nach einem Einbruchsversuch aus, da bin ich nicht zuständig. Ich gehöre zur Mordkommission."

Sie bemerkte, wie alle aufblickten und verschwand rasch im Haus. Die informierten Polizisten erschienen nach einer Stunde und sicherten einige Fußabdrücke. Kurz danach rief Klaus an, der bereits von dem Vorfall erfahren hatte. Er versprach, am Abend vorbeizukommen, um mit Feo den Stand der Mordermittlungen durchzusprechen.

Das frühlingshafte Wetter hatte sich verabschiedet und dunkle Regenwolken zogen am Himmel entlang. Der am Nachmittag einsetzende Regen passte zu Feos Stimmung. Sie hatte begonnen, ein Abendessen für sich und Klaus vorzubereiten und nahm mit dem vorlieb, was sie im Kühlschrank fand. Sie kochte Reis, würfelte Zwiebeln, Käse und Paprika und mischte

Joghurt, Olivenöl und ewas Senf mit Gewürzen darunter. Dann stellte sie zwei Flaschen Bier kalt.

Klaus erschien pünktlich und nahm sie überraschend fest in seine Arme.

„Du bist ja ganz nass. Hast du keinen Schirm dabei?"

„Männer tragen keine Schirme. Bist du in Ordnung? Das war sicher ein großer Schock heute Morgen."

„Ich habe heute Nacht schon ein Scheppern gehört und kurz vorher hat jemand bei mir angerufen, sich aber nicht gemeldet."

Es klingelte an der Tür, aber Feo hatte keine Lust zu öffnen. Kurz darauf hörten sie, wie jemand auf der Straße stand und pfiff. Sie öffnete das Fenster und sah hinunter.

„Verschwinde! Hau ab!"

Klaus blickte sie fragend an.

„Mein Verflossener steht da unten, mit einer roten Rose in der Hand. Der soll mich in Ruhe lassen, sonst hört es nie auf, weh zu tun."

„Soll ich ihn mir mal vorknöpfen? Der steht sowieso im Verdacht, an der Regenrinne hochgeklettert zu sein und wird befragt werden."

Feo schloss das Fenster wieder.

„Erzähl mir lieber, ob ihr Fortschritte macht. Was hat eigentlich die Auswertung von Rita Esmans Tagebuch ergeben?"

„Wir sind aus dem Staunen nicht mehr herausgekommen, wie viele Verehrer die hatte. Aber als Mörder kommt keiner in Frage."

„Seid ihr in Osnabrück weitergekommen?"

„Nicht wirklich. Die Eltern von Elke Eschmeyer hatten kaum Kontakt zu ihrer Tochter. Sie wollen auch

58

nicht wahrhaben, dass sie tot ist. Ganz merkwürdig verhalten die sich."

„Drogen und Alkohol waren im Gespräch?"

„Ja, die Mutter schien ziemlich zugedröhnt. Der Vater hat nur geflucht und getobt. Trauer habe ich nicht gesehen."

„Was hat die Obduktion ergeben?"

„Die Verletzungen waren noch viel massiver als bei Rita Esman. Die Sehnen waren zum Teil gerissen und die Knochen zersplittert. Ein Bein hing völlig daneben. Im Magen fand man Reste eines Auflaufs, angebrannt."

„Hat er wieder ein Seil und ein Tuch benutzt? Was mag nur das Motiv sein? Was meint der Chef?"

„Der ist momentan ziemlich missmutig. Seine Frau hat ihn auf Diät gesetzt."

„Verstehe."

„Jetzt mal ohne Scherz, er ist auch ratlos. Ja, Seil und Tuch waren wieder um den Hals geknotet. Der Vater schien uns mit seinem aggressiven Verhalten verdächtig. Wir überprüfen gerade sein Alibi."

Es entstand eine kleine Pause, in der jeder seinen Gedanken nachhing. Dann stand Feo auf, um den Reissalat und das Bier zu holen. Sie sah, wie Klaus Augen leuchteten.

„Damit habe ich ja gar nicht gerechnet."

Feo freute sich und forderte ihn auf, weiterzuerzählen.

„Seine Tochter hat sich in der Szene herumgetrieben. War oft am Bahnhof oder hat in der Fußgängerzone Leute angebettelt. Einmal hat man sie bewusstlos am Heger Tor gefunden und sie ist eingewiesen worden. Hat einen Entzug gemacht, war aber schnell wieder auf Droge."

„Dann sind wir demnächst ja sicher bei den Kollegen in Osnabrück. Weltoffen, wundervoll und unverwechselbar."

„Wen meinst du, die Kollegen?"

„Nö, Osnabrück. So wirbt der Tourismusverband."
Klaus lachte schallend.

„Und ich dachte schon, du hattest mal was mit einem Kollegen aus Osnabrück."

Jetzt musste auch Feo lachen und sie merkte, wie befreiend das wirkte.

„Prost Klaus! Fein, dass du gekommen bist. Auf die schöne Stadt Osnabrück."

Sie wurde wieder ernst.

„Und darauf, dass wir den Mörder bald finden. Ich fahre übers Wochenende zu meiner Schwester, um abzuschalten. Montag bin ich wieder im Dienst."

Am Samstag hatte Feo den Anruf und das Gepolter in der vorletzten Nacht schon fast vergessen. Sie machte einen Spaziergang zum nahen Hafen. Es nieselte, aber sie reckte trotzdem die Nase in die Luft. Ein Radfahrer kam ihr mit hochgezogenen Schultern entgegen und hätte sie beinahe übersehen. Die Lokale hatten am Vormittag geschlossen und so kehrte sie nach einer Weile wieder heim und nahm eine heiße Dusche. Dann dachte sie wieder an den jungen Mann im „Samocca" und beschloss, in die Stadt zu fahren, um ein neues Kleid zu kaufen. Vielleicht würde es ja bald ein Date geben. Sie schlenderte durch die Salzstraße, kaufte sich am Prinzipalmarkt einen Blumenstrauß, fand aber kein passendes Kleidungsstück und kehrte daraufhin kurz auf einen Latte Macchiato im „Kleinen Kiepenkerl"

ein. Auf dem Weg zum Parkplatz geriet sie in Versuchung, irgendwo etwas zu essen. Aber dann fiel ihr ein, dass ihre Oma sicher ihren leckeren Kartoffelsalat mit Ei und Gurke vorbereitet hatte. So, wie sie ihn schon als Kind liebte.

Mit Mühe fand sie in der Ewaldistraße eine Lücke und parkte rückwärts ein. Im Hausflur begegnete ihr der Nachbar mit den kurzen Hosen.

„Hans, ist Ihnen nicht kalt?"

„Frau Esmeier, Sie sind bei der Mordkommission? Das wusste ich gar nicht. Nein, ich bin abgehärtet. Haben Sie denn heute Zeit für ein Likörchen?"

„Leider nicht! Ich fahre gleich nach Tecklenburg, meine Oma und meine Schwester besuchen. Tschüss!"

Sie zwängte sich an ihm vorbei und eilte in ihre Wohnung. Die Reisetasche war schnell gepackt.

Sie hatte Münster gerade hinter sich gelassen, als ihr Diensthandy läutete. Nach wenigen Metern konnte sie rechts ranfahren. Es war Klaus und er klang aufgeregt.

„Feo, wo steckst du gerade?"

„Bin auf dem Weg zu meiner Familie. Was gibts?"

„Stell dir vor, das Alibi vom Eschmeyer war nicht wasserdicht. Die Kollegen wollten ihn heute wegen dringendem Mordverdacht an seiner Tochter festnehmen. Sie konnten ihn aber nirgends finden. Seine Frau saß betrunken und heulend in ihrer Wohnung und sagte, dass er schon am Abend vorher verschwunden wäre."

„Er ist verschwunden?"

„Er war verschwunden... Sie sagte noch, seine letzten Worte wären gewesen: Am besten nehme ich mir einen Strick. Seitdem hatte sie ihn nicht mehr gesehen.

61

Vorhin hat man ihn in einem Wäldchen entdeckt, aufgeknüpft an einem Baum."

Feo schluckte mehrmals, bevor sie antworten konnte. „Denkst du, er war der Mörder? Aber was hatte Elke Eschmeyer mit Rita Esman zu tun? Gab es eine Verbindung? Das waren doch völlig unterschiedliche Frauen."

„Wir wissen es noch nicht, aber du kannst dir vorstellen, hier ist die Hölle los."

„Okay, dann bin ich gespannt auf Montag. Danke, Klaus. Ich wünsch dir einen schönen Abend."

„Danke, dir auch. Ich hoffe, das wühlt dich jetzt nicht zu sehr auf, sondern beruhigt dich, weil wir endlich eine Spur haben. Das Haar wird gerade mit seiner DNA verglichen."

Feo startete wieder ihren Wagen und fragte sich, ob sie jetzt erleichtert sein sollte. Sie mied die Autobahn und freute sich, als sie in der Ferne Tecklenburg auftauchen sah.

Ihr wurde ganz warm ums Herz. Nirgendwo hatte sie mehr das Gefühl von Heimat als hier. In Höhe der alten Sägemühle, kurz bevor die Straße sich am Haus Hülshoff vorbeischlängelte, blinzelte sie plötzlich. Es dämmerte bereits und sie meinte, einen Gegenstand vor sich auf der Straße liegen zu sehen. Hoffentlich ist es kein Tier, dachte sie und fuhr langsamer. Mitten auf der Straße lag ein großer Ast. Sie hielt erleichtert unmittelbar davor an und hob ihn auf, um ihn zur Seite zu legen. Er war schwer und sie schimpfte leise vor sich hin. Dann rieb sie die Hände gegeneinander, um den Schmutz zu entfernen und wollte wieder einsteigen. Im gleichen Augenblick nahm sie aus den Augenwinkeln einen dunklen Bulli und eine vermummte Gestalt wahr, die sich auf sie zubewegte. In Windeseile sprang sie in ihr Auto und versuchte, zu starten. Ihr Herz und ihre Gedanken rasten. Erst im letzten Moment, als die unheimliche Gestalt bereits nach der Tür greifen wollte, sprang ihr Wagen an. In der Aufregung konnte sie auf der schmalen, kurvigen Straße kaum die Spur halten. Es dauerte nicht lange, bis sie die Lichter des Bullis hinter sich auftauchen sah. Verzweifelt versuchte sie, ihn abzuhängen. In ihrer Not bog sie in Höhe der Apfelallee scharf rechts ab und raste bis zum Ende der Straße. Der Wagen schlingerte, als sie erneut nach rechts lenkte, auf das Haus Marck zusteuerte und kurz davor nach links abbog. In der Hoffnung, ihren Verfolger abhängen zu können, drückte sie das Gaspedal durch. Sie passierte die Fischteiche und überlegte kurz, irgendwo abzufahren und sich zu verstecken. Aber dann säße sie vermutlich in der Falle. Endlich erreichte sie die Hauptstraße. Rechts abbiegen und zu den Kollegen nach Lengerich flüchten oder nach links und versuchen, das Fachwerkhäuschen der Oma zu erreichen? Sie zögerte einen Augenblick und sah in den Rückspiegel. Die Lichter kamen wieder näher. Entschlossen bog sie links ab und war froh, die kurvige Strecke hinauf und die alten Gassen so gut zu kennen. Es schien, dass er sie aus den Augen verloren hatte. Sie parkte am Schweinemarkt und hastete die Treppe zum Leggetor hinauf. Die Reisetasche ließ sie im Auto zurück. Mit zitternden Händen schloss sie die Haustür auf, als sie endlich angekommen war und ließ sie hinter sich ins Schloss fallen. Dann brach sie in Tränen aus.

*So ein Fehler passiert mir nicht noch mal! Ich dach-
te, Rita und ich wären tief im Habichtswald gewesen.
Jetzt lese ich in der Zeitung, dass 200 Meter weiter
ein Haus stand. Wie gut, dass keiner ihr Geschrei gehört hat. Stell dir das mal vor: Wenn mich jemand entdeckte hätte, wäre meine Mission beendet gewesen.
Viel zu früh! Aber ich hatte Glück. Wird ja auch mal
Zeit. Ihr Kleid war leuchtend rot. Genauso, wie ich es
mir gewünscht hab. Sie sollen alle rote Kleider tragen.
Kennst du das „Samocca"? Ich mag es, wenn die
Kaffeebohnen frisch geröstet und dann gemahlen
werden. Der Duft und das Geräusch. Dann sitze ich
immer voller Erwartung im Café mit den rot gepolster-
ten Stühlen. Rot ist meine Lieblingsfarbe. Vor ein paar
Tagen war ich wieder dort und hab meinen Favoriten
getrunken. Es gab was zu feiern. Jetzt hab ich die
Dritte büßen lassen. Elke Eschmeyer aus Osnabrück.
Wir haben uns öfter getroffen. Meistens in der Altstadt
oder auf dem Platz vor dem Rathaus, da, wo früher
die Hinrichtungen stattfanden. Einmal hat ein Scharfrichter vier Schwerthiebe für eine Kindsmörderin gebraucht. So etwas darf einfach nicht passieren!
Elke war immer angetrunken, hab auch Einstichstel-
len gesehen. Hatte viele sogenannte Freunde. Aber
im Grunde genommen war sie allein. Chaotisches
Elternhaus, deshalb war sie wohl so anhänglich.
Wollte unbedingt mit zu mir nach Hause. Ich hab
für sie gekocht, ihre Henkersmahlzeit. Auflauf, mit
viel Gemüse und dann mit Käse überbacken. Ja, ich
hatte ein wenig Mitleid. So ein erbärmliches Leben.
Aber jetzt ist es ja vorbei. Dummerweise war der Käse
ziemlich verbrannt. So oft koche ich nun auch nicht.*

Ich hab ihr gesagt, dass wir mit meinem Bulli noch einen Ausflug machen, bevor ich sie nach Osnabrück zurückbringe. Es lief alles glatt, nur zum Vergraben bin ich nicht mehr gekommen. Wozu auch? Das werde ich mir demnächst immer sparen. Ich weiß schon, wer die Nächste ist.

Der erste Weg am Montagmorgen führte zu Heinz Möller.

„Feo, schön, dass du wieder da bist! Ich habe schon gehört, dass es viel Aufregung gab. Fußspuren im Garten, ein missglückter Einbruchsversuch... Aber ich kann dich beruhigen, dein Freund war es nicht."

„Das war mal mein Freund", antwortete sie leise und senkte den Kopf.

„Hmmm... na ja, es war jedenfalls nicht der, den du vermutet hattest."

„Die Vermutung stammte eher von Klaus. Vielleicht wollte jemand einbrechen. Aber weder bei mir, noch bei den Nachbarn ist was zu holen. Meine Befürchtungen gehen in eine ganz andere Richtung."

Er schaute sie besorgt an. Ihm war bewusst, was sie meinte.

„Das Haar stammte auch nicht von Elke Eschmeyers Vater. Aber er gilt weiterhin als verdächtig. Sein Suizid untermauert das. Mit Rita Esman hatten wahrscheinlich weder er, noch seine Tochter Kontakt. Wir müssen das noch mal überprüfen. Bist du schon fit genug, um zur Besprechung nach Osnabrück zu fahren?"

Sie nickte zögerlich.

„Du weisst es noch nicht?"

„Was meinst du?"

„Samstagabend wollte mich jemand überfallen. Er war maskiert. Wenn ich richtig gesehen habe, hatte er ein Taschentuch in der Hand. Vielleicht wollte er mich betäuben."

Mit erstickter Stimme erzählte sie ihm die ganze Geschichte. In diesem Augenblick betraten die Kollegen den Raum und Feo wischte sich verstohlen über die Augen.

„Okay, Chef, packen wir's an."

„Klaus wartet unten, Carsten wird heute hier gebraucht."

Er blickte ihr beunruhigt nach und wandte sich dann dem Team zu.

„Es gibt aus dem Umfeld der Toten einige Personen, die wir überprüfen sollten."

Sie fuhren wie immer ein Stück auf der Autobahn. Feo erzählte Klaus noch einmal jedes Detail. Dabei fiel ihr ein, dass der Bulli an der Seite eine weiße Aufschrift und ein Emblem trug.

„Na, das ist doch ein wichtiger Hinweis. Sollten wir gleich mal an Heinz weitergeben."

„Vermutlich war es ein Firmenwagen."

Klaus wählte die Nummer des Chefermittlers.

„Ich hab hier ein wichtiges Detail. Wir sollten nach einem dunklen Bulli mit weißem Logo und Aufschriften fahnden. Schnellstmöglich!"

Er räusperte sich.

„Haus Hülshoff, in der Kurve unterhalb von Tecklenburg, da war ich schon mal. Das ist doch ein altes

Rittergut mit einem Ziegenhof?"

„Stimmt."

Unvermittelt schrie Feo laut auf.

„Da, der Bulli!"

„Was?"

„Der Bulli, genauso sah er aus!"

„Wo? Ich sehe ihn nicht."

„Wir sind gerade vorbeigefahren!"

„Mist, bevor wir die nächste Abfahrt runter- und wieder raufgefahren sind, ist der über alle Berge."

„Vielleicht folgt er uns."

Sie drehte sich ängstlich um, sah aber nur einige PKW und Lastwagen. Klaus gab die Info sofort per Funk weiter.

„Bleib ruhig. Ich bin ja bei dir. Wahrscheinlich war das ein anderer Wagen. Wäre ja doch ein großer Zufall."

„Ziemlich viele Zufälle in letzter Zeit."

Sie passierten das Hinweisschild zu der nächsten Abfahrt.

„Lengerich, vielleicht wohnt er hier."

Er legte kurz beruhigend seine Hand auf ihr Knie und setzte den Blinker.

„Wir fahren hier runter und dann über Natrup-Hagen. Eine schöne Strecke. Das ist die alte Handelsstraße Münster-Lengerich-Osnabrück."

Während sie durch die Stadt fuhren, versuchte Feo, sich wieder abzulenken. Sie beobachtete die Menschen, wie sie geschäftig die Straße entlang eilten. Dann dachte sie wieder zurück an ihr Erlebnis im „Samocca". Wahrscheinlich hatte der junge Mann sie nur auf den Arm genommen. Sie ärgerte sich, dass er jetzt im Besitz ihrer Dienstnummer war. Als hätte

Klaus ihre Gedanken erraten, fragte er plötzlich in die Stille hinein:

„Und? Hat er sich schon gemeldet?"

„Wen meinst du?"

Er lachte amüsiert.

„Das weißt du ganz genau."

„Nö, hat er nicht."

„Der passte sowieso nicht zu dir."

„Aha! Und wer passt zu mir?"

Klaus feixte, sagte aber nichts.

Sie waren in die Osnabrücker Straße eingebogen und sahen vor sich eine Kuppe auftauchen.

„10% Steigung? Ich dachte, hier ist noch flaches Land."

„Das hier sind schon die Ausläufer des Teutoburger Waldes. Und genau da vorne ist der Galgenknapp, sieh mal nach rechts."

„Ich sehe nur eine Wiese."

„Früher standen hier Rad und Galgen."

Sie verzog das Gesicht.

„Anderes Thema, Klaus."

„Ja, ist auch besser. Schau dir lieber die schöne Landschaft an. Der Tag wird anstrengend genug."

Er sollte recht behalten. Auch die nächsten Wochen erforderten volle Konzentration von allen Mitgliedern der Soko. Es war Mai geworden. Feo bedauerte immer noch, dass sie ihren Urlaub verschieben musste. Andererseits fieberte sie dem Tag entgegen, an dem sie den Mörder zu fassen bekämen. Sie war sich sicher, dass er irgendwann einen Fehler begehen würde.

Verflixt und zugenäht! Ich dachte, sie wäre tot! So, wie sie dalag. Hat mich lange genug genervt. Wohnte noch nicht lange in der Gegend. Keine Familie in der Nähe und kaum Bekannte. Das dauert ja auch, wenn man in einem fremden Ort Anschluss sucht. Sie konnte nicht alleine sein. Wollte unbedingt meine Mutter kennenlernen. Hat sie dann auch, aber anders, als sie dachte. Ha, das wäre ja noch schöner, wenn jetzt die Frauen die Spielregeln bestimmen würden.

Das Hünengrab mit seinen gewaltigen Steinen schien mir ein guter Ort zu sein, um sie loszuwerden. Mystisch und gleichzeitig so romantisch in der Morgensonne. Eine romantische Ader hättest du mir nicht zugetraut, stimmts? Ich musste ziemlich nah ranfahren mit dem alten Firmenwagen. Sie haben nach dem Bulli gesucht, stand in der Zeitung. Aber offiziell ist er gar nicht mehr im Verkehr. Sollte entsorgt werden, da hab ich ihn vom Schrottplatz geholt und wieder flottgemacht. Du meinst, ich hätte die Aufschriften entfernen sollen? Das gibt mir ja gerade den Kick! Heute Abend werde ich die dumme Polizistin narren. War wohl zu lange ohne Freund, mein charmantes Auftreten im „Samocca" hat sie nervös gemacht. Ich bilde mir das bloß ein, denkst du? Wie ich schon sagte, ich bin ein schöner Mann. Ich hab Charisma. Stehst du jetzt auf meiner Seite oder nicht? Es geht hier schließlich um Gerechtigkeit. Denke also gut nach, bevor du urteilst. Du kennst ja sicher den Spruch „Wer von euch ohne Sünde ist, der werfe den ersten Stein." Ich muss einfach zu drastischen Mitteln greifen. Jetzt hoffe ich nur, dass Nicole ins Gras beißt. Hab das Tatütata noch gehört. Ob ich mich ins Krankenhaus wage? Ich meine, um

*nachzuhelfen. Mal sehen... Heute Abend hab ich noch
was zu erledigen. Das wird ein Spaß! Da kommen mir
meine Kletterkünste zugute. Jetzt muss ich meinen Bulli
wieder verstecken. Die Kennzeichen hab ich geklaut,
mehrere. Der Koffer steht bereit. Abwechslung muss
sein. Die Nächste liegt ja schon in meiner Wohnung.
Mausetot.*

Freitag, der 13., begann harmlos. Am Morgen machten einige noch Späßchen, dann wurde daraus plötzlich bitterer Ernst, so dass niemand diesen Tag je würde vergessen können. Am Hünengrab in Wechte hatten Touristen eine schwerverletzte Frau gefunden. Zunächst hatten sie gedacht, eine Leiche vor sich zu haben. Blutüberströmt, mit tiefen Wunden an den Gelenken und einem roten, weiß-gepunkteten Tuch um den Hals, unter dem ein Seil hervorblitzte. Sie hatten ein Handy dabeigehabt und in Panik die Lengericher Polizei informiert. Noch vor Eintreffen der Beamten raste ein Notarzt, gefolgt von einem Rettungswagen, heran.

„Sie ist mehr tot als lebendig. Ich fühle nur noch einen ganz schwachen Puls."

Der Arzt hatte sich tief über die Ohnmächtige gebeugt und winkte die Sanitäter heran, ohne sich umzudrehen. Mit Entsetzen sahen die Touristen aus einiger Entfernung dem folgenden hektischen Treiben zu. Es dauerte nur wenige Minuten, bis die junge Frau in den Rettungswagen geschoben und mit ohrenbetäubendem Sirenengeheul ins Lengericher Krankenhaus gebracht wurde.

Die Polizeibeamten, die sofort einen Zusammenhang mit den Mordfällen der Vergangenheit erkannten, begannen, die Personalien aufzunehmen. Mit besorgter Miene beobachteten sie die Touristen, die sich auf ihre Fahrräder gestützt oder an die Findlinge gelehnt hatten. Einer aus der Gruppe öffnete seinen Rucksack und holte einen Karton mit Hochprozentigem hervor.

„Sie auch, Herr Polizeiwachtmeister?"

„Polizeihauptmeister. Nein danke! Aber Sie können jetzt bestimmt einen Schnaps gebrauchen. Wo wohnen Sie denn?"

„Wir sind bei Konermann untergebracht. Ferienappartements am Markt in Tecklenburg."

„Wie lange bleiben Sie noch?"

„Drei Tage."

„Gut, wir haben ja Ihre Handynummern und Heimatadressen und melden uns, wenn wir noch Fragen haben."

Nachdem sie den Fundort abgeriegelt hatten, informierten sie unverzüglich die Soko in Münster. Alle waren beim Zusammentreffen in heller Aufregung und hofften inständig, die Schwerverletzte möge bald in der Lage sein, ihre Fragen zu beantworten.

„Jetzt haben wir eine reale Chance, eine Täterbeschreibung zu bekommen."

Heinz Möller, erschöpft von der bislang vergeblichen Suche und der nervlichen Anspannung, konnte endlich wieder lächeln. Der Vater von Elke Eschmeyer schied nun definitiv als Verdächtiger aus.

„Feo, auf nach Lengerich. Setz dich sofort mit dem behandelnden Arzt in Verbindung. Ich hoffe, die Frau ist noch dort. Bei den Verletzungen, wie wir sie bisher gesehen haben, würde es mich nicht wundern, wenn sie in eine Spezialklinik geflogen wird."

Carsten mischte sich ein.

„Wir haben bisher doch nur das kurze, dunkle Haar von Rita Esmans Kleidung?"

„Und aus ihrer Wohnung. Mehrere. Worauf willst du hinaus", fragte Feo.

„Na ja, ist es denn wirklich ganz sicher, dass das Haar von einem Mann stammt?"

„Hundertprozentig", rief Klaus ihm zu.

„Wieso bist du dir so sicher?"

„Sag mal, hast du nicht aufgepasst in der Schule?"

„Doch, hab ich. Deswegen frage ich ja. Es gab mal einen Fall, in dem der Tote weibliche und männliche DNA in sich trug."

Heinz Möller nickte.

„Das stimmt, Carsten. Der Mann hatte Jahre vorher eine Knochenmarktransplantation bekommen. Aber es ist unwahrscheinlich, dass so etwas auf unseren Mörder auch zutrifft. Ich bin mir schon lange sicher, dass wir es mit einem Mann zu tun haben. Diese Brutalität..."

Feo hatte sich ihre Jacke angezogen und stand an der Tür.

„Los, Klaus, wir dürfen keine Zeit verlieren."

Das Zimmer auf der Intensivstation wurde bereits von einem Polizeibeamten bewacht. Feo und Klaus beschrieben dem Arzt die Dringlichkeit, aber es dauerte eine Weile, bis dieser den Zutritt erlaubte.

„Nur einer von Ihnen! Sie ist erst seit ein paar Minuten bei Bewusstsein. Eine Schwester wird Sie begleiten."

Feo fiel ein Stein vom Herzen.

„Danke. Es ist vielleicht unsere einzige Chance."

Sie öffnete vorsichtig die Tür und trat leise an das Bett. Die Wunden waren verbunden und ein Tropfer war angelegt worden. Die füllige Frau war Mitte dreißig, schätzte sie. Große Augen voller Entsetzen starrten sie aus den weißen Laken an.

Klaus lief ungeduldig den langen Flur auf und ab, bis man ihn freundlich, aber bestimmt, aufforderte, im Wartezimmer Platz zu nehmen.

„Selbstverständlich. Entschuldigung."

„Wer hierher kommt, kämpft mit dem Leben. Haben Sie bitte Verständnis. Wir brauchen absolute Ruhe für die Patienten. Ich sage Ihrer Kollegin, wo Sie sich aufhalten."

Klaus bedankte sich und begab sich in den kleinen, spartanisch eingerichteten Raum, der gleich vor dem Eingang lag. Es erschien ihm wie eine Ewigkeit, bis Feo die Befragung beendet hatte und mit weißer Nasenspitze, aber roten Wangen, das Wartezimmer betrat.

„Jetzt kriegen wir ihn! Ich musste immer wieder Pausen machen, weil sie so schwach ist."

„Wie heißt sie? Eschmeyer, Esmeier...?"

„Nein, sie heißt Nicole Soostmeyer."

„Was soll das denn? Aber es sind doch dieselben Verletzungen wie sonst auch. Und das Tuch..."

„Ja, ich bin sicher, dass es sich um denselben Täter handelt. Was den Namen angeht... wir werden das System dahinter schon noch herausfinden."

„Was hat sie gesagt? Wer hat ihr das angetan?"

„Ich habe einiges erfahren. Die Beschreibung passt zu den bisherigen Aussagen. Du erinnerst dich sicher noch. Nicole Soostmeyer bezeichnete ihn gerade als halbe Portion. Aber sehr nett, am Anfang jedenfalls. Und er soll ein ausgesprochen hübsches Gesicht haben."

„Wie hat sie ihn kennengelernt?"

„In Tecklenburg, bei Rabbel. Sie hatte sich das Otto-Modersohn-Museum angesehen und dann bei Howe, gleich gegenüber, ein Buch über die historische Altstadt gekauft. Eigentlich wollte sie einen Rundgang durch die alten Gassen machen. Aber dann hat sie sich überlegt, vorher Eis zu essen. Kommt übrigens aus dem Ruhrgebiet. Wohnt seit einem knappen Jahr in Brochterbeck"

„Weiter! Komm auf den Punkt."

„Sie haben sich öfters getroffen und Radtouren gemacht. Sie hat sich gewundert, weil er immer eine große Kühltasche dabei hatte. Angeblich war da nichts drin."

„Merkwürdig."

„Ja, aber es kommt noch besser. Er hatte meistens Anisbonbons in der Hosentasche. Sie war in seiner Wohnung. Zuerst war alles ganz normal. Er hat in der Küche gewerkelt und sie hat sich aufs Sofa gesetzt. Dann hat sie sich im Wohnzimmer umgeschaut."

„Er hatte tatsächlich Anisbonbons?"

„Hatte er. Aber sie mochte die nicht. Sie hat übrigens auch eine Tätowierung. Ich habe es gesehen, weil ihr Hemd von der Schulter gerutscht war. Ein kleines Schwert. Ich habe sie gefragt, ob sie gerne auf Mittelaltermärkte geht. Vom Typ her hätte das gepasst. Da gibt es doch auch solche Utensilien, oder?"

„Kann schon sein."

„Die Schwert-Tätowierung hat sie, weil es in ihrer Familie mal einen Scharfrichter gab. Sie hat sich also umgeschaut, die Bilder an den Wänden betrachtet und dann ein altes, eisenbeschlagenes Holzrad entdeckt. Das Metall war rostig und sie hatte das Gefühl, es klebte Blut daran."

„Wie bitte?"

„Ja, ich habe mich auch zuerst gewundert, aber das wäre doch die Erklärung. Vielleicht war dieses Rad das Mordwerkzeug."

Klaus stand auf und verschränkte die Hände im Nacken.

„Wenn das stimmt, ist der Typ wirklich krank."

„Wohl wahr... Sie hat daraufhin versucht, zu fliehen. Aber die Tür war abgeschlossen. Von diesem Moment an weiß sie nur noch Bruchstücke."

„Vermutlich hat er sie betäubt und dann verschleppt."

„Aber wo hat er sie so zugerichtet? In seiner Wohnung bestimmt nicht, das hätten die anderen Mieter doch mitbekommen."

„Nicole Soostmeyer hat mir noch erzählt, dass er sich Henry nannte und dass sie seine Mutter in Wechte besuchen wollten."

„War sie schon einmal dort?"

„Ja, aber sie wusste nur, dass die Mutter bettlägerig ist und hin und wieder eine Pflegerin vorbeikommt. Das Häuschen der alten Dame soll etwas abseits liegen."

Beide hatten denselben Gedanken und eilten zum Wagen. Feo war sich sicher, das Haus zu finden. Ein wenig kannte sie sich in der Gegend aus. Nach wenigen Kilometern hatten sie Wechte erreicht. Am Hünengrab standen etliche Autos und Schaulustige. Sie fragten am ersten Bauernhof, ob man ihnen weiterhelfen könnte. „Ich denke, Sie suchen die alte Frau Dolle. Fahren Sie einfach geradeaus, dann links und zweimal rechts. Bis zum Ende durchfahren, dann sehen Sie es schon. Frau Dolle ist im ersten Stock an ihr Bett gefesselt. Sie ist nach einem Schlaganfall gelähmt."

„Warum dann im ersten Stock?"

„Da fragen Sie am besten selbst, wenn Sie bei ihr sind. Aber ich bin mir nicht sicher, ob Sie eine Antwort bekommen. Sie ist nicht sehr gesprächig. Ich habe sie allerdings auch schon ein paar Jahre nicht mehr gesehen."

Die beiden verabschiedeten sich und fanden durch die exakte Beschreibung schnell das Haus, das geduckt unter alten Bäumen lag. Gleich, nachdem sie geklingelt hatten, hörten sie eine schrille Stimme, die von oben zu kommen schien.

„Henricus, bist du das?"

„Nein, Frau Dolle. Wir sind von der Polizei. Können wir ins Haus kommen?"

„Polizei? Hat er wieder was angestellt?"

„Nein, wir haben nur ein paar Fragen."

„Das kann ja jeder behaupten."

Feo schaute Klaus fragend an. Das Fenster des Zimmers, in dem Frau Dolle scheinbar lag, war gekippt. Am Gerätehäuschen lehnte eine Leiter. Entschlossen stellte Klaus sie unter das Fenster und stieg hinauf.

„Frau Dolle, sehen Sie mich?"

„Gehen Sie weg da! Was soll das?"

„Frau Dolle, nur ein paar Fragen, dann gehen wir wieder. Wann haben Sie Ihren Sohn zuletzt gesehen?"

„Gestern. Heute Nacht hat er mal wieder hier geschlafen. Irgendjemand hat ganz laut geschrien. Davon bin ich wach geworden. Er hat gesagt, ich hätte nur geträumt."

Klaus holte tief Luft.

„Ihr Sohn heißt Henricus? Nennt er sich Henry?"

„Ja, manchmal. So ein Unsinn. Henricus ist doch ein schöner Name. So hießen alle Männer in der Familie."

„Wann ist Ihr Sohn denn wieder gegangen?"

„Es war noch früh. Die Pflegerin war noch nicht da. Sagen Sie mir, was er angestellt hat. Er kriegt was von mir hinter die Ohren, sag ich Ihnen."

„Alles ist gut, Frau Dolle. Wir gehen wieder. Danke!"

In Münster wurden Feo und Klaus schon erwartet.

„Wir müssen irgendwie in das Haus kommen und ein Foto organisieren. Henricus Dolle, wir schreiben ihn gleich zur Fahndung aus. Er ist nirgendwo gemeldet. Aber wir kriegen ihn. Wir müssen ihn finden!"

Heinz Möller mobilisierte alle verfügbaren Kollegen. Die Krisensitzung dauerte bis zum frühen Abend. Ein Foto des Gesuchten war mittlerweile beschafft und Nicole Soostmeyer vorgelegt worden. Sie identifizierte ihn mit Tränen in den Augen, und auch Feo hatte ihn sofort erkannt. Müde, aber aufgewühlt, trat sie mit Klaus den Heimweg an.

„Was hältst du, auf den Schreck, von einem Glas Rotwein auf meinem Balkon?"

„Du wohnst hier in der Nähe?"

„In der Eckenerstraße. Von meinem Balkon aus hat man einen schönen Blick auf die Uferpromenade der Aa."

„Das hört sich gut an. Okay, dann los!"

Es war bereits dunkel geworden. Klaus hatte Feo eine Decke geholt und ein paar Windlichter angezündet.

„Den Wein hab ich aus meinem letzten Urlaub mitgebracht. Trollinger mit Lemberger."

Feo stellte fest, dass Klaus ihr immer sympathischer wurde und sie bedauerte, ihm nicht früher eine Chance gegeben zu haben. Es ging doch nichts über einen entspannten und freundlichen Umgang unter Kollegen.

„Woran denkst Du, Feodora? Jetzt sag bitte nicht, an die leckeren Nussecken im „Samocca". Ich werde dich einladen, wenn wir den Irren haben. Oder möchtest du lieber wieder Pfefferminztee?"

„Für gute Nussecken bin ich immer zu haben!"

Sie schwieg eine Weile.

„Ich denke gerade an Frau Dolle. Es muss schlimm sein, alt, krank und verbittert dahinzuvegetieren."

„Und vor allem alleine. Aber da möchte ich auch nicht Sohn sein. Die war sicher schon immer so. Da fällt mir ein, ich könnte meine Mutter auch mal wieder besuchen."

„Mach das. Irgendwann ist es zu spät."

„Komm, lass uns anstoßen. Auf das Leben. Und auf den Erfolg! Wir kriegen den Kerl."

Sein Diensthandy klingelte und er nahm das Gespräch an. In Sekundenbruchteilen erstarrte sein Gesicht.

„Bitte, sag jetzt nicht, dass es wieder eine Leiche gibt."

„Ich bin fassungslos. An einem der Käfige an der Lambertikirche hängt ein rotes Tuch. Und ein abgetrennter Arm."

Feo wurde bleich.

„Eine Nachtwächterin wollte ihrer Gruppe gerade die Geschichte der Wiedertäufer erzählen. Zunächst dachte sie, der Arm wäre Teil einer Schaufensterpuppe. Aber man weiß inzwischen, daß er echt ist. Heinz wartet auf uns."

Als sie am Tatort eintrafen, wurde der Arm soeben geborgen. Er steckte in einem roten Spitzenstoff. In einem Koffer am Fuß der Kirche hatte man den Rest des Leichnams gefunden. Carsten lehnte an einem Pfeiler und musste sich übergeben. Die Kollegen befragten die Türmerin, aber ihr war nichts aufgefallen, bis sich unten eine lautstarke Menschenmenge versammelte. „Gut, dass die Nachtwächterin gleich geschaltet hat. Sie wusste von den Tüchern aus der Presse."

„Das ist so abartig. Ich kann es kaum glauben."

„Er versucht, sich zu steigern. Das war zu erwarten." Klaus trat zur Seite und machte der Spurensicherung in ihren weißen Schutzanzügen Platz. Sie transportierten gerade den Arm ab.

Sensationslüstern schaute die Menge zu.

„Das ist doch unmöglich. Wie ist der hier hochgekommen?" Feo blickte nach oben und schloss kurz die Augen. Ein ungutes Gefühl beschlich sie plötzlich, so als würde sie beobachtet. Während sie die Zuschauer musterte, sah sie ihn plötzlich. Mit einem triumphierenden bitterbösen Lächeln starrte er sie an und drehte sich langsam um. Feo schrie laut auf und rannte los. So schnell sie konnte verfolgte sie ihn, atemlos keuchend, durch die Salzstraße, bis ihre Lungen schmerzten. Er trug weiße Jeans und ein rotes Sweatshirt.

Am Servatiiplatz stand sein Bulli, in den er sprang und Richtung Warendorfer Straße davonraste. Sie hatte das Kennzeichen und das Firmenlogo erkannt. Ein Fall für den Polizeihubschrauber aus Dortmund. Es war soweit. Henricus Dolle hatte keine Chance mehr.

Heinz nickte wohlwollend und Klaus klopfte ihr anerkennend auf die Schulter.

„Gut gemacht, Kleine! Jetzt gehört er dir!"

Das Verhör fand im zweiten Stock statt. Feo nahm die Treppe, Stufe für Stufe. Das Grauen spürt man immer zuerst im Nacken, dachte sie und ging die letzten Schritte bewusst langsam. Es roch nach Bohnerwachs. Entschlossen drückte sie die Klinke herunter und betrat den grell erleuchteten Raum. Er war karg möbliert. An der Tür saßen zwei Beamte mit starrer Miene, die sie knapp begrüßte. Der Stuhl machte ein hässliches Geräusch, als sie ihn vorzog. Entspann dich, Feo, atme, atme ruhig ein und aus.

Sie setzte sich und blickte in das ebenmäßige Gesicht des jungen Mannes. Seine Züge waren weich, fast wie die eines Kindes.

Die Unterarme hatte er auf dem Tisch abgelegt und sie beobachtete seine feingliedrigen Hände, die fast andächtig über die Tischplatte strichen.

Warum tötet dieser Mensch? So grausam, so unerbittlich? Ihre Augen sahen ihn jetzt direkt an, er lächelte.

„Du hast dich in mich verliebt, stimmts? Komm, gibs zu! Ich hab einen Blick dafür."

Seine Mimik wirkte jetzt fast verächtlich.

„Ein paar Tage noch, dann hätte ich dich so weit gehabt. Wir hätten einen Ausflug gemacht, dann wäre mein Motiv offenkundig gewesen. Ich hätte dir das Geheimnis verraten, bevor du stirbst. Bestimmt! Das hab ich bisher immer so gehalten."

Feo hielt seinem Blick stand, aber über ihren Rücken liefen kalte Schauer des Entsetzens.

„Warum?"

„Betrachte mich als Racheengel. Ihr habt es alle verdient. Seit mehr als zwei Jahrhunderten liegt ein Fluch über euch. Esman, Eschmeyer, Esmeier, Esselmeyer, wie auch immer… Ihr könnt ihm nicht entkommen. Sperrt mich weg, der Fluch bleibt bestehen. Mehr sage ich nicht."

Er schob ihr ein schmales Bändchen über den Tisch, das er aus seiner Jackentasche gezogen hatte. Der Einband war zerfleddert, so als wäre das Buch über Jahre tägliche Lektüre gewesen. In weißer und blutroter Schrift prangte der Titel vor einer unheimlich wirkenden Landschaft:

DAS RAD DES HENKERS

KAPITEL II

DIE WAHRE GESCHICHTE

von Franz Eschmeyer, dem vorletzten Scharfrichter von Tecklenburg, seinen Söhnen Henrich, Joes und Jürgen, von dem jüdischen Geldverleiher Marcus Moses, dem Heideläufer Johann Dolle und dem Osnabrücker Scharfrichter Johann Conrad Zippel.

1

Ein glutroter Abendhimmel mit Wolken so schwarz wie Kohle läutete den Feierabend ein. Mit schweren Schritten stapften die Henkersknechte über die Schwelle des Scharfrichterhauses in Wechte.

„Ein wahres Höllenfeuer für den alten Jakob! Er wird auf ewig in der Hölle schmoren", rief der eine.

„Jeder so, wie er es verdient", murmelte der andere.

„Gib uns den Lohn, Meister, es ist spät geworden und ich bin hungrig."

Franz Henrich Eschmeyer griff bedächtig in seinen Geldbeutel und zählte langsam einzeln die Münzen ab.

„Gute Arbeit, Männer! Fünfe auf einen Streich!"

Er war ein Hüne im Vergleich zu seinen Helfern, von aufrechtem Gang und mit vollem Haar, trotz seines fortgeschrittenen Alters. Die Männer griffen nach ihrem Sold und tippten sich beim Hinausgehen an die Stirn. Der Scharfrichter seufzte müde.

„Wo bleibt die Suppe, Weib?"

Wortlos drehte Anna Maria sich zu ihm um und setzte den schweren Topf auf dem Tisch ab. Dann nahm sie eine große Kelle vom Wandhaken und schob einen Teller mit Schwarzbrot in seine Richtung.

Franz löffelte schweigend die Suppe und biss zwischendurch herzhaft in das Brot. Seit 1762 hatte er das Scharfrichteramt inne, so wie es in seiner Familie Sitte war. In Lingen hatte er bereits unterstützend einer Hinrichtung am Galgen beigewohnt. Seine Frau stammte aus dem Hause des Henkers Carel. Die Geächteten blieben unter sich.

Mit einer ausladenden Bewegung verschränkte er jetzt

die Hände im Nacken.

„Elendes Pack!"

„Wen meinst du?"

„Wen soll ich schon meinen? All die Halunken, die sich hier herumtreiben! Der Jakob und seine Kumpane waren auch ganz üble Gesellen. Wie er wimmernd vor mir im Staub lag! Als wenn ich sein Schicksal noch hätte abwenden können!"

Anna Maria seufzte schwer.

„Die Lengericher und Tecklenburger hassen uns für dein Tun. In Mettingen, als du noch Halbmeister warst, habe ich mich wohler gefühlt."

Unwillig schüttelte er den Kopf und schob seinen Teller beiseite.

„Weißt du noch, wie ein wenig vom Glanz der Familie ten Brink auf uns Mettinger abgefärbt hat? Ihre Schiffe sind bis in die holländischen Kolonien nach Ostindien gefahren."

„Was verstehst du schon davon ..."

Anna Maria ließ sich nicht beirren.

„Sie haben für ihr großes Haus in Ibbenbüren sogar die Schiffe auf Kacheln malen lassen. Und ihre Gärten in Mettingen waren wunderschön."

„Gärten? Wozu soll das gut sein?"

„Ja, ich weiß, ich muss mich mit dem Scharfrichterhaus abfinden."

Gedankenverloren strich sie mit den Fingern über die gusseisernen Löwen auf der noch warmen Ofenplatte.

„Sollen wir uns unterkriegen lassen? Sie brauchen mich doch! Außerdem führe ich nur Befehle von oben aus. Gerade hat Friedrich Diepenbrock wieder unsere Unterstützung benötigt."

Schwerfällig erhob er sich und murmelte fragend:
„Hast du die Kruken schon ins Bett gepackt? Mir ist kalt. Heute auf der Telgter Heide wehte ein kräftiger Wind. Es hat eine Weile gedauert, bis wir alle vom Leben zum Tode befördert hatten."
Seine Frau nickte.
„Und du, hast du auch das Schwert geführt?"
Franz blickte sie durchdringend an.
„Es ist meine Aufgabe. Ich bin froh, damals das Privileg von König Friedrich erhalten zu haben."
„Wenn der Stahlhauer nicht gestorben wäre..."
„Ach Weib, Vetter Bernhards Tod habe ich mein Amt zu verdanken. Ich gehe stolz und aufrecht und viele andere Scharfrichter tun es ebenso. Wir sind der verlängerte Arm des Gesetzes und führen aus, was die Obrigkeit befiehlt. Mein Privilegium gleicht denen der Henker zu Minden und in der Grafschaft Ravensburg und ich zahle gerne jährlich 14 Taler an die Jagdkasse dafür."
„Wenn Bernhards Witwe nicht verzichtet hätte..."
„Als Berufsfremde... und dann noch ohne Kinder... Wie hätte sie das Amt bedienen sollen?"
Anna Maria hatte begonnen, den schweren Holztisch zu schrubben, um ihrem Unmut Luft zu machen. Auch ihre Familie gehörte zu einer Dynastie von Scharfrichtern und die Söhne Henrich und Jürgen zeigten bereits großes Interesse, eines Tages das Erbe des Vaters anzutreten.
Dabei spielte es keine Rolle, ob die Leibeserben männlich oder weiblich sein würden. Niemals, wirklich niemals, dachte sie, käme der Beruf für sie in Betracht. Selbst wenn sie als Witwe eines Tages alleine dastün-

de und die Henkersknechte oder Söhne das Schwert führen würden. Dabei war auf dem Galgenknapp in Lengerich schon seit Jahrzehnten nicht mehr hingerichtet worden. Schafott, Galgen und Rad zerfielen und nur am Herdfeuer war noch hin und wieder die Rede von einer jungen Magd, die als Kindsmörderin 1720 ihr Leben lassen musste.

Scharfrichterdienst und Meisterei umfassten die Grafschaft Tecklenburg mit den Orten Lengerich und Cappeln, die über das Stadtrecht verfügten. Auch die Dörfer Lienen, Ladbergen, Ledde, Lotte, Leeden, Wersen und Schale gehörten dazu.

Franz bewegte sich mit schlurfenden Schritten Richtung Schlafkammer. Unwirsch brummte er:

„Ich bin frei von Einquartierungen und Kontribution und wer weiß schon, wann die nächste scharfe Exekution ansteht. Die sonstigen Aufgaben werfen gutes Geld ab und auf meine Knechte kann ich mich verlassen. Sie jammern zwar immer wieder über ihren mageren Sold, aber sie sollten letzten Endes froh über ihre Anstellung sein."

Seine Frau pflichtete ihm halbherzig bei.

„Heute haben sie sich wacker geschlagen und keine Miene verzogen, als es zur Sache ging. Besonders Albert ist unverzichtbar geworden."

„In Münster ist es wohl gang und gäbe. Hier ist´s zum Glück ruhig, bis auf ein paar peinliche Verhöre."

„Ich hätte gerne mehr zu tun als Scharfrichter! Osnabrück, Tecklenburg, Meppen, Sandbrink, Herford, überall ist der Verdienst zu gering. In Lingen, Grönenberg und Reckenberg, da kommt einiges ins Säckel."

Niedergeschlagen blickte sie ihm ins Gesicht.

„Was ist nur los mit dir, Frau? Du bist doch sonst auch nicht so zimperlich!"

Kopfschüttelnd legte er sich nebenan auf den frisch gefüllten Strohsack und war bereits eingeschlafen, als Anna Maria sich ebenfalls zur Nachtruhe begab.

Der neue Tag hielt nichts Gutes bereit.

„Hört dieser Ärger denn nie auf?"

Die Kattenvenner Bauern Schevengerd, Heitgres, Kruse, zum Doothagen, Otto und auf der Heide hatten es doch tatsächlich gewagt, ihre toten Pferde zu vergraben, anstatt sie den Abdeckern zu bringen. Franz Eschmeyer traute ihnen sogar zu, die Häute anderweitig zu Geld gemacht zu haben. Der Scharfrichter tobte, während seine Knechte betreten zu Boden blickten.

„Meister, wir können nicht verhindern, dass einige Bauern uns umgehen. Sie wollen ihren Obolus nicht entrichten. Manchem ist der Weg zu uns auch viel zu mühsam!"

„Ich dulde es nicht, dass man mir auf der Nase herumtanzt!"

Seine Stimme kippte ständig, während er wütend davonstapfte, um dieser Dreistigkeit durch eine Beschwerde endlich einen Riegel vorzuschieben.

Bereits am 5. Dezember 1772 wurden die beschuldigten Bauern nach Tecklenburg vorgeladen.

„Wo ist der Adam Kruse? Ich sehe hier stattdessen Johann Höcker aus Lengerich. Wollt ihr mich auf den Arm nehmen?"

„Aber nein, Meister Eschmeyer, der Kruse ist verhindert. Heute werden die letzten Balken seines Fachwerks aufgerichtet und anschließend wird Richtfest gefeiert."

Er fühlte, wie sein Blut in Wallung geriet. Aber dieses Ärgernis war erst der Anfang. Nach und nach leugneten alle Anwesenden, sich schuldig gemacht zu haben und wollten darauf sogar einen Eid leisten. Bald wurde offenkundig, dass auf beiden Seiten Dokumente gefälscht und vernichtet worden waren.

„Das geht so nicht weiter! Die Felle eurer Pferde, Schweine, Rinder, Ziegen, ja selbst der Hunde gehören meinen Abdeckern. Und ihr habt gefälligst Gebühren dafür zu zahlen. Wenn ihr diese Pflicht nicht erfüllt, können meine Leute ihre Pacht nicht mehr an mich leisten!"

Es blieb ihm nicht verborgen, dass die Bauern verstohlen lachten.

„Ja, macht euch nur lustig! Hier in Tecklenburg gerben die Abdecker selbst, falls ihr das vergessen habt. Irgendwann kommt es noch so weit, dass ihr eure Pferde direkt an den Lohgerber verkauft!"

Ernste Sorgen überfielen ihn und er dachte mit Schaudern an die letzte Seuche, die das Vieh dahingerafft hatte. Es musste mit Haut und Haaren vergraben werden.

Er wartete den Ausgang des Streites nicht ab, sondern machte sich verdrossen auf den Weg ins nächste Wirtshaus, um seinen Kummer zu ertränken.

Erst drei Jahre waren vergangen, seit 16 Bauern aus Lienen versucht hatten, ihn mit Beschwerden beim Landrat loszuwerden. Man hatte ihm doch tatsächlich vorgeworfen, das Vieh nicht schnell genug vergraben zu lassen. Der für das Amt vorgeschlagene Wieneke und der Wortführer Hörstebrock waren ihm seitdem verhasst. Er war damals mit den Unruhestiftern fertig geworden und er würde es auch diesmal schaffen!

2

Der Pöttker, mit der Kiepe von Haus zu Haus ziehend, hatte es als erster bemerkt. In Mettingen erinnerte man sich noch gut an Joes Eschmeyer und so war die sich anbahnende Liebe zu Adelheit Soostmeyer bald in aller Munde.

Ein Freund aus Kindertagen hatte den Scharfrichtersohn in die Familie eingeführt und dabei vorgegeben, Kartoffeln kaufen zu wollen. Als Joes eine Woche später wieder erschien, um seine Heiratsabsichten kundzutun, wurden bereits Speckpfannkuchen aufgetischt, die eine Zustimmung signalisierten.

Nach einer angemessenen Verlobungszeit, mit Böllern eingeläutet, stand nun die Hochzeit ins Haus. Ein Nachbar trat acht Tage vorher als Hochzeitsbitter auf und nahm Hut und Stock, mit einem roten Band verziert, von Adelheit, der ältesten Tochter des Hauses, entgegen. Mehr als 150 Gäste waren geladen, der Kranz an der Türe aufgehängt, das Brautkleid von den Nachbarsfrauen genäht und alles für ein zweitägiges Fest vorbereitet.

Franz und Anna Maria freuten sich über die gute Partie ihres Sohnes. Bei den Feierlichkeiten auf dem Soostmeyerhof herrschte ein freudiges Wiedersehen mit vielen alten Freunden, ehemaligen Nachbarn und den verwandten Scharfrichterfamilien Sparenberg,

Schneider und Carel. Auf den bereitgestellten Tischen türmten sich bald die Geschenke, Suppenhühner, Butter, Weggen, Zucker und allerlei willkommene Gebrauchsgegenstände.

Es gab Sauerkraut, Kartoffeln und Schinken, Braten, Wurzeln, dicken Reis und Kompott, dazu reichlich selbstgebrauten Grüsing und Schnaps. Die ausgelassene Hochzeitsgesellschaft tanzte bis in die Morgenstunden und immer wieder zeigte Adelheit voller Stolz ihre umfangreiche Aussteuer.

Es dämmerte bereits, als Franz sein Pferd einspannte und Frau und Kinder zum Aufbruch mahnte. Im Halbdunkel entdeckten sie zwei Kiepenkerle, die mit Scheren, Knöpfen, Bändern, Stopf- und Strickgarn auf dem Weg ins nächste Dorf waren. Mit einem langen, blauen Kittel bekleidet, trat nun ein Pöttker hinzu, der in seiner Kiepe aus Weidengeflecht Ochtruper Tonwaren verstaut hatte.

Mit einem Ruck fuhren sie los.

„Jetzt hat er ihren Namen angenommen, das passt mir gar nicht."

„Das ist so üblich, Franz! Sollen sie den Namen des Hofes ändern? Eschmeyer, Soostmeyer... was soll`s? Er bleibt doch unser Sohn."

„Schade, dass unsere Clara nicht mehr lebt. Sie wäre jetzt eine junge Frau. Und unser kleines Soontjen Franz Jürgen...." Von weither hörten sie Musik und Gelächter.

„Sieh an, da ist wohl wieder ein Schiff der ten Brinks aus Ostindien in Holland eingelaufen. In ihrem Gartenhaus wird wie immer fröhlich bis in die Morgenstunden gefeiert."

Sie passierten die schönen Gärten mit exotischen Sträuchern und hochgewachsenen Eibenhecken des reichen Mettinger Händlers.

„Lass uns zufrieden sein, Franz. Wir haben doch alles, was wir brauchen. Aber es war eine schöne Zeit, damals in Mettingen."

Während jeder seinen Erinnerungen nachhing, sahen sie schon bald vor sich die Brochterbecker Kirche auftauchen.

Am Ende der Straße lenkte Franz sein Pferd nach links, Richtung Wechte, und freute sich auf einen tiefen, ausgiebigen Schlaf.

3

Hals über Kopf war Johann Conrad Zippel aus Syke geflohen. Durch Schuldenrückstände seiner Eltern, die er begleichen musste, sah er sich ständig mit finanziellen Problemen konfrontiert. 1780 hatte man ihm das Amt des Osnabrücker Scharfrichters übertragen, aber die Meisterei warf nur ungenügend Gewinn ab. 2 Jahre später bemühte er sich in Stade um eine Scharfrichterei für seinen Sohn – vergeblich. Zu allem Übel eröffnete am 25. Oktober 1782 die Land- und Justizkanzlei ein Konkursverfahren gegen ihn. Im Wöchentlichen Osnabrückischen Anzeiger wurden er und seine Gläubiger öffentlich aufgerufen, sich zu melden.

Um die Schulden zu begleichen, verpfändete man sein Haus in Syke und seinen Garten in Osnabrück. Als man in Syke und Diepholz die Einnahmen aus den dortigen Meistereien ebenfalls zur Schuldentilgung verwenden wollte, berichteten die Halbmeister, dass sie dem Zippel bereits auf Jahre im Voraus die Pacht hatten entrichten müssen. Der Scharfrichter hatte damit „gegen den 1. Grundsatz der hannoverschen Concession" verstoßen, da er die Meisterschaft mit Schulden beschwert hatte. Unverzüglich nahm man ihm seine Abdeckereien, die dem Henker von Verden, Christian Gottfried Meißel, übertragen wurden.

Zuletzt verlor er auch noch sein privates Hab und Gut und die Familie lebte vom Existenzminimum.

Ein erneutes Ersuchen um die begehrte Scharfrichterei in Herford, ebenfalls für seinen Sohn, wurde abgelehnt. Es war eine ausweglose Situation, die ihn Tag und Nacht beschäftigte.

4

„Johann, komm, hilf mir! Wir müssen noch die neuen Setzlinge zum Schonforst bringen!"

Der Königliche Förster Dolle in Ledde war sich sicher, dass sein Sohn sein Rufen vernommen hatte. Aber dieser lief schnurstracks geradeaus, Richtung Lengerich, wo heute eine Hochzeit gefeiert wurde. Der reichste Bauer im Ort hatte spät eine junge Frau gefreit und wollte sich aus diesem Anlass nicht lumpen lassen.

Kopfschüttelnd wandte der alte Dolle sich seiner Arbeit zu. Johann war wohlgeraten, aber wenn Verlockungen riefen, vergaß er seine Pflichten als Heideläufer.

Abendliches Glockengeläut scholl herüber, während der Alte mühsam die Setzlinge auf den Pferdekarren lud.

Er rieb sich den schmerzenden Rücken und fluchte ärgerlich vor sich hin.

„Ach, morgen ist auch noch ein Tag", murmelte er schließlich und blickte zum Himmel, wo sich ein Gewitter zusammenbraute. Zwischen dunklen Wolken schimmerte es fahlgelb und aus der Ferne vernahm er ein leises Grollen.

Die schwieligen Hände in den Taschen vergraben, stapfte er zur Türe. Durch die blinden Fenster sah er seine Frau, wie sie mit beiden Händen den großen Holzlöffel hielt und die heiße Grütze umrührte. Ihr Haar war immer noch dunkel und glänzend und während er sie beim Eintreten beobachtete, musste er unwillkürlich lächeln.

Beider Leben war hart und entbehrungsreich und doch war er dankbar, dass er ein geregeltes Auskommen hatte und seine Tage in der Natur verbringen konnte. Ächzend ließ er sich im Lehnstuhl nieder und wartete auf seine Abendmahlzeit.

Johann Dolle war einer der ersten, der gut gelaunt auf dem Festplatz eintraf. Auch er hatte das drohende Gewitter bemerkt und spähte prüfend zum Himmel. Die bereits anwesenden Gäste sahen seinen skeptischen Blick und lachten amüsiert.

„Der Dolle wird sich doch nicht vor ein paar Regentropfen fürchten!"

„Regentropfen? Das sieht nach einer wahren Sintflut aus! Wenn das nicht in die andere Richtung zieht, bin ich gespannt, wer gleich am schnellsten das Weite sucht!"

Die Mädchen kicherten und tuschelten miteinander.

„Sie kommen!", tönte es jetzt aus der Runde.

Alles blickte in die Richtung, aus der Pferdegetrappel und das donnernde Gelächter des Bauern zu hören waren. Von einer Staubwolke eingehüllt, lief johlend die Dorfjugend hinter dem Zweispänner her.

Johann kniff die Augen zusammen, denn in der Menge entdeckte er plötzlich die schöne Elisabeth mit dem flammend roten Haar. Unmerklich straffte sich sein Körper und ein Lächeln erhellte sein Gesicht.

Einer der Jungen stieß ihm mit dem Ellenbogen unsanft in die Seite.

„Sieh einer an! Hast du ein Auge auf Lieschen geworfen?"

„Red kein dummes Zeug, die ist doch noch viel zu jung!"

„Zum Heiraten... ja! Aber Spaß haben kannst du sicher schon mit ihr!"

Dolle rieb sich das Kinn und ließ dabei die junge Frau nicht aus den Augen.

Aber auch Elisabeth betrachtete den interessierten jungen Mann aus den Augenwinkeln, während die Umstehenden sangen und klatschten.

Der Bauer stieg schwungvoll ab und hob seine Angetraute lachend vom Wagen.

„Wir wollen einen Kuss sehen!"

Die Jungvermählten ließen sich nicht lange bitten und wieder sah Johann den verstohlenen, fast scheuen Blick Lieschens.

Im Umgang mit Frauen war er unerfahren und es brauchte seinen ganzen Mut, näherzutreten.

Sie war fast noch ein Kind, anmutig und zerbrechlich wirkend. Jetzt trafen sich ihre Blicke und er nahm blaue

Augen wahr, wie er sie noch nie zuvor gesehen hatte. Von hinten rempelten ihn Bauernburschen an, die im Scherz herumbalgten, und so fand er sich unversehens neben seiner Angebeteten wieder. Unter den ausgelassenen jungen Männern entdeckte er Henrich, den Sohn des Scharfrichters, den er um einen Kopf überragte. Im selben Augenblick setzte laute Musik ein und er fasste sich ein Herz.

„Wollen wir tanzen?"

Sie antwortete nicht, sondern reichte ihm mit gesenktem Blick ihre Hände. Johann fühlte, wie sein Herz laut pochte und glücklich drückte er das Mädchen an sich. So verbrachten sie den Abend gemeinsam und sprachen kaum miteinander. Sie in seiner Nähe zu wissen, genügte ihm völlig.

Nachdem sich das Unwetter zunächst verzogen hatte, setzte um Mitternacht doch noch heftiger Regen ein und die Feiernden stoben auseinander, um in einer nahegelegenen Feldscheune Schutz zu suchen.

Die jungen Burschen erzählten Spökenkiekergeschichten und freuten sich diebisch, wenn alle zusammenzuckten. Einmal erschrak Elisabeth sich so sehr, dass sie mit einem lauten Aufschrei die Hände vor das Gesicht schlug.

„Ich bin doch bei dir, hab keine Angst."

Zögernd blickte sie zu ihm auf.

„Wollen wir gehen? Der Regen hat nachgelassen."

Er vernahm eine zarte, leise Stimme.

„Es ist viel zu spät geworden. Mein Vater wird mich die Rute spüren lassen."

Hand in Hand verließen sie das Fest und hörten hinter sich die johlende Meute, bereits trunken vom Alkohol.

Der Regen hatte die Wege durch Felder und Wiesen aufgeweicht und beide spürten ihre nassen und kalten Füße.

„Wo wohnst du? Ich bringe dich nach Hause."

„Dort drüben, es ist nicht mehr weit."

Mit dem Finger wies sie Richtung Lengerich, wo aus einem geduckten Bauernhaus ein schwaches, warmes Licht vom Herdfeuer Ruhe und Behaglichkeit verströmte.

Mit leisen Schritten betraten sie das Grundstück, schlichen durch den Kräutergarten und lugten durch die Fenster.

Tastend drückte Elisabeth gegen die Scheiben.

„Hier, das Fenster lässt sich öffnen! Meine Schwester hat sicher bemerkt, dass mein Bett leer ist."

Erleichtert lächelte sie und war schon im Begriff, hineinzuklettern.

„Warte! Sehen wir uns wieder?"

Sie nickte erfreut und war rasch verschwunden. Im Haus blieb es still und so machte er sich mit einem tiefen Glücksgefühl auf den Heimweg.

„Junge, wo warst du denn so lange?"

Johann lächelte vergnügt in sich hinein. Er hatte keine Lust, seinen Eltern vom vergangenen Abend zu berichten. Zu gerne hätten sie gesehen, wie er endlich eine Frau ins Haus brächte. Helfende Hände wurden immer gebraucht und das Älterwerden verursachte so manches Zipperlein.

Der alte Dolle blickte seine Frau vielsagend an.

„Lass ihn! Du kennst ihn doch. Erst behält er alles für sich und dann hört er gar nicht mehr auf zu reden."

Entschlossen knetete sie mit beiden Händen Brotteig in einer irdenen Schüssel.

„Ich brauche ein paar Holzscheite."

Keiner der beiden fühlte sich angesprochen und ärgerlich verließ sie den Raum, um von der Tenne trockenes Holz zu holen.

Die Männer beschlossen, als erstes die jungen Bäume in den Habichtswald zu bringen und eine neue Schonung anzulegen. Es war noch früh am Tage und bis zum Abend blieb Zeit genug, um die Arbeiten abzuschließen.

Ein unsichtbares Band jedoch schien Johann nach Lengerich zu ziehen und er zerbrach sich den Kopf, wie er sich davonstehlen und Elisabeth wiedersehen könnte. Aus der Ferne hatte er sie schon häufiger beobachtet. Meistens hingen ihre kleinen Geschwister am Rockzipfel. Er bewunderte ihre Geduld und fühlte sich verzaubert von ihrem Lachen, das wie helles Glockengeläut durch die Gassen scholl.

Verstohlen blicke er zum Vater und dann zum Stand der bereits sinkenden Sonne.

„Ich könnte doch heute noch zum alten Krämer nach Lengerich fahren. Wir brauchen neue Spaten und die Mutter hat einen Ballen Tuch bestellt."

„Hmm, dann bring einen Krug Branntwein mit. Aber beeile dich, sonst triffst du ihn nicht mehr an."

Johann ließ alles stehen und liegen und eilte zum Stall, um das Pferd anzuspannen. Nach wenigen Minuten war er nur noch als kleiner Punkt am Ende der Dorfstraße zu erkennen.

Das Haus, in dem Elisabeth lebte, lag geduckt in der Abendsonne und schien verlassen. Aber als er näher kam, hörte er ein Poltern und Schreien und gleich darauf stürzten mehrere Kinder zur Haustüre heraus. Ein roter Haarschopf folgte ihnen weinend.

Für einen Augenblick starrte er wie gebannt in ihre Richtung, dann rannte er los. Die junge Frau sank schluchzend in seine ausgebreiteten Arme.

„Bring mich fort von hier. Er schlägt mich sonst tot!"

„Aber was ist denn passiert?"

„Der Anton, unser Nachbar, hat uns gesehen. Er war gerade draußen bei den Ställen, als du mich gestern heimgebracht hast."

„Aber es war doch dunkel. Er konnte mich doch bestimmt nicht erkennen."

Elisabeth zitterte am ganzen Körper, als sie ängstlich fortfuhr.

„Nein, erkannt hat er dich nicht! Aber er hat gesehen, wie ich durch das Fenster ins Haus geklettert bin. Vorhin hat er den Vater im Gasthaus getroffen und ihm alles erzählt. Auch, dass er noch einen Schatten gesehen hat."

Johann nahm sie fürsorglich bei der Hand und zog sie mit sich fort. Behutsam hob er sie auf den Wagen und lenkte das Pferd stadtauswärts, die Osnabrücker Straße hinaus Richtung Hagen. An einer Lichtung hielten sie an und er wandte sich besorgt ihrem tränenüberströmten Gesicht zu.

„Weißt du, was am schlimmsten ist? Alle im Gasthaus haben es gehört, das wird der Vater mir nie verzeihen."

Schweigend stiegen sie ab und banden das Pferd an einer der zahlreichen Birken fest.

„Wo sind wir, Johann?"

„Am Sünderliet, kennst du das nicht? Hier ist es ganz still und friedlich und schau mal, dort, die schönen Blumen."

Glücklich blickte sie um sich und sprang und hüpfte über die Wiese. Ihr Gesicht war immer noch gerötet, aber ein freudiges Erstaunen hatte sich darin breitgemacht.

„Sünderliet? Ein merkwürdiger Name. Was hat das zu bedeuten?"

„Frag lieber nicht! Hier sind wir wenigstens allein."

Er zog sie an den Rand der Lichtung, wo dichtes Gebüsch die Sicht auf die Straße versperrte. Liebevoll schloss er sie in seine Arme und sie sanken auf den weichen Boden nieder. Immer und immer wieder küsste er sie. Jetzt war sie sein Mädchen und niemand sollte es wagen, ihr ein Leid anzutun. Spaten, Tuchballen und Branntwein hatte er völlig vergessen.

Als er sie an diesem Abend heimbrachte, hatte die Mutter selbst das Fenster geöffnet, durch das sie, unbemerkt vom cholerischen Vater, hineinschlüpfen konnte.

5

„Ich hab Stiene Wierwill getroffen!"

Joes klang aufgeregt, als er schon von Weitem die ungeheuerliche Nachricht verkündete.

„Wen hast du getroffen? Welche Stiene?"

„Na, die Liebschaft von Bernhard! Stellt euch vor, sie hat doch tatsächlich Geld von mir verlangt! Wenn mein Bruder nicht zahlen will..."

Der Scharfrichter unterbrach ihn unwirsch.

„Die soll endlich Ruhe geben! Ich denke, sie hat in Ladbergen als Magd ihr Auskommen! Dann kann sie doch auch ihr Kind versorgen!"

„Sie hat wohl gehört, dass unser Bernd im Osnabrücker Dom geheiratet hat."

„Denkt sie, da ist etwas zu holen? Die Halbmeistertochter aus Osterberg hatte ja nicht mal eine gescheite Mitgift!"

Anna Maria blickte beunruhigt von einem zum anderen und versuchte, ihren Mann abzulenken.

„Catharina Wienke tut unserem Jungen gut. Er hat viel zu oft anderen Röcken nachgeschaut. Was bedeutet da die Höhe der Mitgift?"

Franz wechselte unvermittelt das Thema, denn es war ihm immer noch ein Dorn im Auge, dass Joes jetzt den Namen Soostmeyer führte.

„Ist dir Eschmeyer nicht mehr gut genug? Willst du am Ende gar nichts mehr mit unserer ehrbaren Scharfrichterfamilie zu tun haben?"

„Ehrbar? Dass ich nicht lache!"

Der Vater hatte Joes auf dem falschen Fuß erwischt. Die Söhne der Henker heirateten üblicherweise ihresgleichen. Dann gab es keine Befindlichkeiten, wenn eine Hinrichtung anstand. Aber immer öfter fanden auch berufsfremde Burschen Gefallen an Scharfrichtertöchtern und umgekehrt.

Franz Miene verdüsterte sich, während seine Frau ihm beruhigend die rechte Hand auf die Schulter legte.

„Ach, so ist das! Ihr steckt also unter einer Decke!

Gestern hab ich mich schon genug über dich geärgert, Weib!"

Joes versuchte einzulenken und reichte seinem Vater einen Kanten Brot.

„Es ist doch alles nur wegen Zippel."

„Was hat der denn mit uns zu tun?"

„Da fragst du noch? Gestern, in Osnabrück, hab ich ihn getroffen. Der möchte doch nur zu gerne, dass sein Sohn dein Amt bekommt und lässt nichts unversucht, dich überall anzuschwärzen!"

„Das soll er nur versuchen! Der ist doch nur grantig, weil er jetzt nicht mehr angefordert wird, wenn es auf der Sünderliet zur Sache geht."

Schwer atmend fuhr Franz sich durch die Haare, allein der Name Zippel verursachte ihm Magenbeschwerden. Jetzt wollte er es genau wissen.

„Welchen Unsinn hat er denn nun wieder erzählt?"

„Das Übliche! Dass dein Amt gekauft ist und man dich nie überprüft hat! Und dass sein ältester Sohn jetzt beim Stadtchirurgen Sandhagen in Wolfenbüttel das Handwerk erlernt."

Der Alte fuhr hoch und fasste sich dabei ans Herz.

„Ich habe doch gerade mein Können bewiesen! Und demnächst werde ich es wieder tun, in Lingen! Man hat schon nach mir geschickt und Henrich wird mich begleiten."

Joes versuchte, den Vater zu beschwichtigen.

„Er kann ja nur dazulernen! Aber was Adelheit angeht... Ich werde jetzt Friedrich Eschmeyer, genannt Soostmeyer, gerufen!"

Seine Stimme klang leise, aber eindringlich und schien zu wirken. Franz knurrte vor sich hin, aber der größte

Groll war verraucht. Zippel beschäftigte ihn momentan viel mehr.

Die Natur in weiches Licht tauchend, hatte der Altweibersommer Einzug gehalten. Franz und Anna Maria Eschmeyer beluden gerade das große Pferdefuhrwerk mit hölzernen Kisten, als ein Bote ihnen das endgültige Datum der geplanten Hinrichtung in Lingen mitteilte.

„Gut, dass du mich noch in Wechte antriffst. In einer halben Stunde wäre ich auf dem Weg nach Mettingen gewesen."

„Werdet ihr wieder zwei Tage, bevor der arme Sünder aufgeknüpft wird, nach Lingen kommen?"

„Ich habe mich schon vorbereitet. Haltet mir eine Unterkunft bereit und denkt auch an eine Schlafstätte für meine Knechte und Henrich."

Der Bote überreichte einige Schriftstücke, tippte sich an die Stirn und war im Morgennebel so schnell verschwunden, wie er gekommen war.

„Jetzt wird es aber Zeit, dass wir fahren. Die Meisterei bedeutet ja nicht nur die Exekution, ich muss vor allem nach den Schindern sehen."

In Gedanken war er bereits bei seinen Abdeckereien, die er verpachtet hatte. So manchem Pächter musste er dabei auf die Finger schauen, damit der nicht heimlich in seine eigene Tasche wirtschaftete. Beim Beseitigen der Tierkadaver wurden Haut und Knochen verwertet. Abgesehen von Schafen musste jedwedes Vieh dem Scharfrichter angezeigt oder dessen Abdeckerknechten übergeben werden. Niemals jedoch machte der Henker sich selbst die Hände schmutzig, die Aufgaben waren streng reguliert. So gab es für Eschmeyer in der

Grafschaft Tecklenburg manch gute Einnahmequelle, während für die Bauern, als Gegenwert für das verendete Vieh, nur ein Trinkgeld üblich war. Unter Strafe gestellt war es, das Vieh zu vergraben, den Hunden zum Fraß vorzuwerfen oder es Fremden zu übergeben. Ein Wispel Hafer als Schadensersatz schreckte so manchen von dieser Unsitte ab.

Wurde der Kadaver dem Scharfrichter angesagt, so war der Schinder verpflichtet, es binnen 24 Stunden abzuholen. Ansteckende Seuchen waren gefürchtet und betroffenes Vieh musste mindestens sechs Fuß tief vergraben werden, um die Gefahr einzudämmen.

Auf dem Weg nach Mettingen fielen Franz Eschmeyer die letzten Streitigkeiten wegen der Hundefelle ein. Das Leder war begehrt für weiche Handschuhe. Er spürte schon wieder, wie sein Magen rebellierte.

6

Einige Monate waren ins Land gezogen. Fast täglich begab Johann Dolle sich nun auf den Weg von Ledde nach Lengerich. Die frühere Richtstätte, so friedlich auf einem Hügel mit einer seitlichen Senke daliegend, wurde schon bald zu ihrem heimlichen Versteck. Manchmal kam Elisabeth in Begleitung ihrer kleinen Geschwister. Dann diente die alte Feldscheune in der Nähe des einstigen Hochzeitsplatzes als Unterschlupf. Elisabeth kicherte immer, wenn ihr Liebster die Erinnerung an ihr Kennenlernen wachrief. Übermütig warf sie sich dann in seine Arme und zwickte und küsste ihn. Ihre anfängliche Scheu war verflogen.

Er bemühte sich, sie zu unterhalten und von ihrem Kummer zu Hause abzulenken. Immerzu dachte er sich neue Geschichten aus. Eines Abends, es war bereits herbstlich kalt, versteckten sie sich im Stall, gleich neben dem Bauernhaus, in dem sein Mädchen wohnte. Das kleine Licht, das Elisabeth entzündet hatte, warf gespenstische Schatten an die weißgekalkten Wände. Der heiße Atem der Kühe waberte feucht durch den Raum. Sie saßen eng beieinander und Johann begann mit geheimnisvoller Stimme zu erzählen.

„Sag, kennst du die Geschichte der weißen Frau von Tecklenburg?"

Sie verneinte und sah ihn mit ihren großen, unschuldigen Augen an.

„Komm ganz nah zu mir, damit du dich nicht fürchtest."

Ein wohliger Schauer durchströmte sie, als sie noch näher rückte.

„Warst du schon einmal auf der Tecklenburg? Ich meine, um Mitternacht?"

Er wartete ihre Antwort nicht ab, sondern fuhr fort.

„Es war einmal eine Gräfin, ihre Schönheit war im ganzen Land bekannt. Eine Wahrsagerin hatte ihr einst prophezeit, dass sie sieben Töchtern das Leben schenken würde. Aber alle wären so anmutig und hübsch, dass die Gräfin daneben verblassen würde.

Eitel, wie sie war, ärgerte diese sich darüber. Als die Zeit gekommen war und das erste Kind mit rosigen Wangen in der Wiege lag, rühmten alle dessen Schönheit. Nachdem die Besucher gegangen waren, nahm die erzürnte Gräfin ein weißes Kissen aus Linnen und erstickte damit ihr eigenes Kind."

Elisabeth hatte still gelauscht und hing an Johanns Lippen, als dieser aufs Neue zu erzählen begann.

„Es folgten weitere vier Mädchen, eines war schöner als das andere... und alle wurden sie von der kaltherzigen Mutter umgebracht."

„Hat denn niemand am Hofe gemerkt, wie die Kinder getötet wurden?"

„Doch, doch, die Amme wurde beschuldigt! Als das sechste und siebte Kind, die zunächst am Leben blieben, ihre Mutter auch immer mehr an Schönheit und Liebreiz übertrafen, mussten sie ebenfalls sterben. Eine alte Frau gestand unter Folter, die Mörderin zu sein. Sie wurde im Burghof als Hexe verbrannt."

Johann sah, wie Lieschen fröstelnd die Schultern hochzog und er nahm sie noch fester in seine Arme.

„Die böse Gräfin behielt ihre blühende und anmutige Gestalt. Auch als Greisin hatte sie noch ein wunderschönes Gesicht. Aber ihre hässliche Seele war schwarz wie die Hölle. Jetzt ist sie schon lange tot, aber sie findet keinen Frieden und irrt jede Nacht durch die Burg. Immer um Mitternacht entsteigt sie ihrer feuchten Gruft. Wer ihr begegnet, in ein weißes Gewand gehüllt und mit ihrem Schlüsselbund klirrend, der muss sterben."

Es war totenstill und im gleichen Augenblick erlosch das Licht. Elisabeth schrie laut auf und Johann fragte amüsiert:

„Soll ich dir noch von der hysterischen Jungfrau, die es mit dem Teufel zu tun haben will, erzählen?"

„Oh nein, bitte nicht, ich fürchte mich so! Der Pastor Smend spricht auch immerzu vom Teufel."

Durch die von zahlreichen Spinnweben überzogenen

Fenster leuchtete mildes Mondlicht und der junge Förstersohn war sich in diesem kurzen Augenblick sicher, für immer das kleine, rührende Glück an seiner Seite beschützen zu wollen.

Er küsste und umschlang sie und beide vergaßen alles um sich herum. Behutsam streifte er das wollene Kleid von ihren Schultern.

Die Kirchturmuhr der Stadtkirche schlug gerade zwölf Mal, als plötzlich mit lautem Gepolter die Stalltüre aufgerissen wurde. Wankend und mit einer Axt in der Hand deutete der betrunkene Bauer wütend auf die Verliebten.

„Du Hurensohn, jetzt hab ich dich! Ich bringe dich um! Du hast meine Tochter geschändet und zum Gespött gemacht!"

Er stolperte unsicher vorwärts und schlug wie wild mit der Axt um sich.

Entsetzt wichen sie zurück, rafften ihre Kleider zusammen, kletterten über die halbhohen Wände und versteckten sich verzweifelt hinter den Kühen.

„Wo seid ihr? Ihr entkommt mir nicht!"

Johann legte den Zeigefinger auf seinen Mund, aber er war sich nicht sicher, ob Elisabeth in der Dunkelheit etwas erkennen konnte. Sie vernahmen ein unsicheres Grunzen und gleich darauf stürzte der Vater in voller Länge auf den harten Boden, wo er regungslos liegenblieb. Panisch fassten sie sich an den Händen und rannten stolpernd hinaus ins Freie. Vorbei am Vater, der einen unerträglichen Gestank von Alkohol und Schweiß verbreitete.

Erschöpft lagen sie sich draußen in den Armen. Von diesem Tag an war nichts mehr wie zuvor.

Beide wussten, dass sie mit ihrem Leben spielten, und Johann fühlte zum ersten Mal Angst vor der unbändigen Gewalt des Vaters aufsteigen.

Unmerklich war in den folgenden Wochen auch bei Elisabeth eine Veränderung zu spüren. Sie lachte immer seltener, weinte ständig und stritt sich mit Johann, ohne dass er einen Grund erkennen konnte. Zunächst war er sehr unglücklich über diese Entwicklung, dann begann er, sich zurückzuziehen.

In gleichem Maße steigerten sich die Streitereien und er erkannte sein Lieschen nicht wieder. Zudem wagte er sich nicht mehr in die Nähe ihres Elternhauses und ihre Begegnungen liefen eher zufällig ab.

So geschah es, dass er sie eines Tages im Gasthaus entdeckte, als sie sich gerade neben einen Bauernburschen gesetzt hatte. Verärgert zog er sie hoch und schüttelte sie kräftig.

„Was tust du hier? Wer ist das?"

Selbst erschrocken über seinen Unmut trat er einen Schritt zurück.

„Was willst du von mir, Johann? So lange schon hast du dich nicht mehr blicken lassen!"

Er sah Trauer und Wut in ihrem Gesicht, aber da war noch etwas anderes, das er nicht deuten konnte.

„Komm, lass uns nach draußen gehen und reden."

Sie folgte ihm unsicher und gemeinsam gingen sie ein Stück des Weges, jeder seinen Gedanken nachhängend. Er erinnerte sich an ihr Kennenlernen, aber die Freude, das Herzklopfen und die Liebe waren verflogen.

Während er sie von der Seite musterte, fiel ihm plötzlich die leichte Wölbung ihres Bauches ins Auge und er blieb abrupt stehen.

„Du bist doch nicht etwa...“

Sie wandte sich um, als wolle sie kehrtmachen, blickte ihm dann aber offen ins Gesicht.

„Jetzt fang du nicht auch noch an! Die Mutter hat es auch schon gesehen!“

Er schrie jetzt fast.

„Du bekommst ein Kind? Nein, das will ich nicht!“

„Siehst du, das habe ich gewusst! Dann lass mich doch einfach sitzen! Ich bin auch zu jung für ein Kind!“

Kopflos rannte Johann zurück zu seinem Pferd, schwang sich in den Sattel und ritt wie besessen nach Hause. Er war doch noch der Lehrling seines Vaters. Wovon sollten sie leben? Seine Zukunft hatte er sich anders vorgestellt! Ein Haus errichten, den Sparstrumpf füllen, aber vorher mit vielen Mädchen Spaß haben… Elisabeth war doch die Erste gewesen! Ja, er hatte sich damals verliebt. Aber reichte das aus, um eine Familie mit ihr zu gründen? Vergessen waren die glücklichen Stunden und wütend auf sich selbst lag eine schlaflose, sorgenvolle Nacht vor ihm.

„Johann, wir haben Besuch!“

Verschlafen rieb er sich die Augen und blinzelte seine Eltern an. Erst am frühen Morgen war er zur Ruhe gekommen und wurde jetzt jäh von den Ereignissen des letzten Tages eingeholt.

„Lieschens Mutter ist hier. Steh auf!“

Die Stimme klang ernst, als dulde sie keinen Widerspruch. Auf dem blank geschrubbten Eichentisch dampfte bereits der Teekessel und daneben stand der Rührkuchen, den die Mutter gebacken hatte.

Die Morgensonne warf Streifen an die schiefen Lehmwände und bot einen merkwürdigen Kontrast zur Schwere, die über dem Raum lag. Das Herdfeuer prasselte in die bedrückende Stille hinein.

Die Besucherin brach zuerst das Schweigen, nachdem alle Platz genommen hatten.

„Johann, du hast es ja schon erfahren."

Er blickte betroffen drein und senkte den Blick.

„Wirst du meine Tochter heiraten?"

Tief ein- und ausatmend ließ er einige Sekunden vergehen, bevor es aus ihm herausbrach.

„Nein! Niemals! Ich will das Kind nicht und Elisabeth auch nicht mehr! Wir streiten ja nur noch!"

„Aber wie ist das möglich?"

„Ich weiß es auch nicht."

„Ihr habt euch doch so gut verstanden."

„Das war einmal, es ist vorbei."

Ratlos blickten sich die anderen an. Das hatten sie nicht erwartet.

„Junge, du musst dazu stehen!"

„Nein, nein und nochmals nein! Soll sie doch zur Kräuter-Johanne gehen! Die weiß schon, was zu tun ist!"

Entsetzt schlug Lieschens Mutter die Hand vor den Mund und sein Vater hämmerte mit der Faust auf den Tisch, schwieg aber mit versteinerter Miene.

„Dann bezahle ich eben! Ein Balg mehr oder weniger unter eurem Dach spielt doch keine Rolle."

Das war die Lösung! Er sprang auf und wusste im selben Augenblick, dass jetzt Eile geboten war. In seiner Kammer zählte er ernüchtert das wenige Ersparte, 11 Taler, 24 Groschen und 6 Pfennige. Er musste einen klaren Kopf behalten. Irgendjemand würde ihm schon weiterhelfen. Der Pastor Friedrich Mische fiel ihm ein und ohne sich zu verabschieden, machte er sich auf den Weg zur reformierten Kirche. Erst vor Kurzem hatte er sich dieser Gemeinschaft erinnert. Der Glaube bedeutete ihm wieder so viel wie in seiner Kindheit. Unter den Gleichgesinnten fand er Menschen, die seine Fragen über Gott beantworten konnten.

Erfreut traf er den Geistlichen beim Gebet an und trug aufgeregt sein Anliegen vor. Aber seine Hoffnungen wurden enttäuscht.

„Heirate die junge Frau und stehe zu deiner Verantwortung. Du hast bereits gesündigt, indem du Dinge getan hast, die nur einer Ehe vorbehalten sind."

Mit hängenden Armen machte er sich davon und durchstreifte für den Rest des Tages den nahen Wald. Die vertrauten Wege wirkten merkwürdig fremd und die langen Schatten der Bäume plötzlich bedrohlich und angsteinflößend. Selten war er so ratlos gewesen.

Schweißgebadet wachte Johann am nächsten Morgen auf und warf sich verzweifelt auf seinem Strohlager hin und her. So sehr er sich auch die Haare raufte, er fand keinen Ausweg. Lieschen heiraten und eine Familie gründen? Dabei immer den gewalttätigen Schwiegervater im Rücken spüren? Dazu fehlten ihm Mut und Kraft.

Vielleicht wäre es wirklich das Beste, Geld aufzutreiben, um die Unglückliche auszuzahlen. Die Streitigkeiten der letzten Tage hatten ihm sehr zugesetzt und er sah jegliche Hoffnung auf ein gutes Ende schwinden. Unbemerkt war sein Vater mit ernstem Gesicht in die Schlafkammer getreten und setzte sich auf einen Schemel am Kopfende des Bettes.

„Johann, Junge, wir können dir nicht helfen. Aber vielleicht leiht Marcus Moses dir Geld."

„Du meinst, ich soll zu dem Juden nach Wechte gehen?"

Der alte Dolle nickte und schwieg eine Weile. Dann stützte er entschlossen die schwieligen Hände auf die Oberschenkel.

„Ich glaube, du hast keine andere Möglichkeit. Aber sage ihm nicht, dass du ein Mädchen in Schwierigkeiten gebracht hast. Das gibt nur Gerede im Dorf."

„Bald werden es ohnehin alle sehen."

„Es weiß doch keiner, wer der Vater ist."

Ungläubig starrte Johann ihn an und eine plötzliche Wut gesellte sich zu seiner Verzweiflung. Ärgerlich ballte er die Fäuste und erhob sich geräuschvoll.

„Was wirst du nun tun?"

Er gab keine Antwort, sondern stürmte zur Kammer hinaus, vorbei an der erstaunten Mutter. Auf der Tenne zog er sich rasch Hemd und Hose über und trat ins Freie.

Die kühle Morgenluft und erste Sonnenstrahlen erfrischten sein erhitztes Gemüt. Ohne sich umzuschauen, hastete er den holprigen Weg entlang. Er würde dem Juden eine Lüge auftischen. Ein bitteres Lächeln umspielte seinen Mund.

7

Marcus Moses saß bereits an seinem Schreibtisch und wunderte sich über den frühen Gast. Er wusste, wer ihn aufsuchte brauchte Geld. Im Dorf beliebt, war er sich jedoch der langen, von Neid und Hass geprägten Geschichte seines Volkes bewusst. Wer sich Geld in Zeiten der Bedrängnis lieh, war in seinen Gefühlen oft zwiegespalten. Die Höhe der auflaufenden Zinsen tat ihr Übriges.

Über Jahrhunderte waren die Juden vom Ackerbau ausgeschlossen und mit zahlreichen Verboten belegt worden. Vielfach blieben nur Kleinhandel, Geldleih- und Wechselgeschäfte.

In der Thora wurde Wucher nur gegenüber dem eigenen Volk verachtet. Da Zinshandel jedoch auch unter Christen lange Zeit als unsittlich galt, hatten sie sich daran gewöhnt, einen jüdischen Geldverleiher aufzusuchen.

Marcus verfügte über ein freundliches Wesen und be- mühte sich, niemanden in Not seine Überlegenheit spüren zu lassen. Nun wunderte er sich, dass der junge Bursche, den er soeben durch das Fenster erblickt hatte, sich nicht bemerkbar machte. Entschlossen rückte er seinen Stuhl beiseite und durchquerte den niedrigen Raum. Dann lauschte er wieder und öffnete beherzt die Türe. Niemand war zu sehen und so ging er wieder zurück ins Haus. Sein Herz klopfte lauter als sonst.

Jedermann wusste, dass er über große Mengen Bargeld verfügte. Die Angst vor einem Überfall war sein ständiger Begleiter. Er hielt den Atem an und horchte, schaute durch jedes Fenster und setzte sich dann wieder an seinen Arbeitstisch. Vielleicht war nur zufällig jemand des Weges gekommen.

Plötzlich vernahm er ein leises Klopfen, das rasch

energischer wurde. Als er erneut die Türe vorsichtig öffnete, sah er Johann Dolle vor sich. Er kannte den jungen Mann vom Sehen und war erleichtert.

„Komm herein! Was kann ich für dich tun?"

Johann fuhr sich verlegen durch das Gesicht, seine Augen flackerten.

„Ich brauche... Ich habe... Äh, ich möchte eine Kuh kaufen."

„Wieviel soll ich dir leihen?"

Er nannte eine nicht unerhebliche Summe und senkte den Blick. Marcus wundert sich, aber er stellte keine weiteren Fragen. Es handelte sich wohl nicht um den Kauf einer Kuh. Vielleicht hatte der Dolle Spielschulden oder ein Mädchen geschwängert.

Erst kürzlich hatte er ihn doch mit einer Rothaarigen Richtung Galgenknapp laufen sehen, als er von einer Fahrt in die Stadt Osnabrück heimkehrte.

Diskret schwieg er und berechnete die Zinsen, während sein Gast unruhig die Hände knetete.

„Du wirst einige Zeit in meiner Schuld stehen. Je länger es dauert, desto größer wird die Summe, die du mir am Ende zahlen musst."

Dolle nickte zustimmend, aber er musste schlucken, als der Jude ihm den Betrag nannte.

Der Vater hatte recht, ihm blieb keine andere Wahl. Er reichte seinem Gegenüber die Hand und war selbst erstaunt über seine Worte.

„Ich werde dir das Geld schon bald zurückzahlen. In Leeden gibt es jemanden, dem ich selbst etwas geliehen habe und das ist mehr, als du mir jetzt geben willst. Ich bekomme es sicher schon bald zurück."

Marcus wunderte sich wieder, aber er war es gewöhnt,

nicht nachzuhaken.

„Einen Moment bitte, ich bin gleich zurück."

Aus dem Nebenzimmer holte er eine eiserne Schatulle und zog aus seiner Hosentasche den passenden Schlüssel hervor. Er hatte sie so auf dem kleinen Tisch platziert, dass Johann nicht hineinschauen konnte, aber er spürte dessen begehrliche Blicke. Langsam zählte er das Geld und schob es herüber.

„Hier, für deine Kuh. Unterschreibe nur noch diesen Schuldschein. Oder mach drei Kreuze."

Keiner der beiden jungen Männer ahnte in diesem Augenblick etwas von der schicksalhaften Wendung, die unausweichlich ihren Lauf nahm, als sie den Vertrag besiegelten.

8

Anno 1783 erschien in der Berlinischen Monatsschrift ein Artikel über die fromme Lengericher Jungfer Brune, deren merkwürdiges Verhalten die Bürger in zwei Lager gespalten hatte.

Professor Finke, der seit 1772 im Ort praktizierte, attestierte Mondsüchtigkeit, Nervenschwachheit und einen Bandwurm. Der reformierte Prediger Smend, ein strenger Calvinist, glaubte jedoch, sie wäre vom Teufel besessen. Pfarrer Johann Moritz Schwager, ein entschiedener Gegner der Frömmigkeitsbewegung und des Aberglaubens, witterte Betrug.

Die Patientin selbst litt unter Kontraktionen, raschem Puls und angeblichen Schlägen von einer unsichtbaren Macht. Des Nachts, wenn ihre Bewacher eingeschlafen waren, verschwand sie aus ihrem Bett und man fand sie Hunderte von Metern entfernt wieder. Das weckte bei vielen Argwohn, denn angeblich war sie nicht fähig, zu gehen.

Der Landphysikus Kemmerich versprach, ein Gutachten zu schreiben. War sie vom Teufel besessen oder verhext? Nicht wenige glaubten daran und machten drei Kreuzzeichen, wenn wieder von den unvermittelt auftretenden Gotteslästerungen der Jungfer die Rede war.

So gab es jahrelang reichlich Gesprächsstoff und selbst im Hause Eschmeyer war man geteilter Meinung.

„Das arme Ding! Auch die Eltern bedaure ich sehr. Wie sollen sie die vielen Kuren bezahlen?"

Anna Maria war voller Mitgefühl.

„Armes Ding? Eine ordentliche Tracht Prügel bekäme sie von mir, wenn sie meine Tochter wäre! Dann könnten sich die Eltern die honorigen Ärzte sparen. Alle Welt lacht schon darüber, sogar in Berlin wundert man sich über die Lengericher und ihren Aberglauben."

Das Ehepaar genoss einen der seltenen Augenblicke auf ihrer Bank vor dem Haus nach getaner Arbeit.

Anna Maria beschloss, wie so oft, lieber zu schweigen.

In einiger Entfernung sahen sie Marcus Moses, wie er den Sohn des Försters verabschiedete.

„In Lengerich sind wieder die Pocken ausgebrochen, da werden wir uns in Acht nehmen müssen."

„Es fehlt an begabten Ärzten. Nicolaus war klug, seinen Sohn zum Studium nach Jena zu schicken. Jetzt ist er ein erfolgreicher Chirurg in Rheine."

„Dein Bruder hatte immer schon Weitsicht. Bernard wird sicher mal sein Scharfrichteramt übernehmen. Da kommen ihm seine Kenntnisse in der Medizin zugute."

„Unsere Söhne haben zwar nicht studiert, aber Henrich ist unerschrocken und hat eine ruhige Hand. Auch er wird mal in meine Fußstapfen treten. Und Jürgen hat durch seine Scharfrichterei in Rietberg ausgesorgt."

Franz dachte an die letzte Hinrichtung in Lingen zurück, bei der sein Sohn assistiert hatte und nickte zufrieden. Dann fügte er hinzu:

„Taube Ohren sind auch von Vorteil. Mit der Folter heilen wir die Seele und geben Gott die Ehre. Und wenn wir den Körper zerstören, erlangt der arme Wicht ewige Seligkeit."

„Ich werde mal unser Schwein füttern gehen."

„Bring mir einen Grüsing mit!"

Er blickte seiner Frau nach, die kurze Zeit später einen großen Krug mit dem Gebräu aus Gerstenmalz, Mädesüßblüten, Samen des Bärenklau und Gagel gefüllt hatte.

„Das hilft gegen mein Gliederreißen. Nur zuviel davon darf es nicht sein, am letzten Sonntag gab es deswegen wieder Schlägereien bei Amberg."

„Der Johann Dolle hat sich dabei ein blaues Auge geholt? Man redet über ihn."

„Der war auch beteiligt. Scheint Probleme zu haben. Was mag er wohl vom Juden wollen?"

„Im Zweifelsfalle Geld."

„Ich bin froh, dass wir keine Geldsorgen haben. Der Grüsing ist heute wieder sehr bitter."

Beherzt trank er den letzten Schluck aus dem schweren Bierkrug.

Mit gemischten Gefühlen trat Johann den Heimweg an. Immer wieder griff er prüfend nach dem Geldsack, der sein Gewissen beruhigen sollte.

In Sichtweite lagen die Fillerkuhle und das Haus des Scharfrichters. Der süßliche Geruch der Tierkadaver hing schwer in der Luft und er beeilte sich, fortzukommen. Noch heute wollte er Elisabeth aufsuchen. So sehr er diesen Tag auch herbeigesehnt hatte, nun fürchtete er sich. In dieses bange Gefühl mischte sich die Sorge um seine Schulden. Wenn er es geschickt anstellen würde, könnte er fortan dem Geldverleiher aus dem Wege gehen.

Der Königliche Förster Dolle schämte sich für seinen Sohn, sah er doch in den folgenden Monaten, wie dieser bemüht war, sich vor der Rückzahlung zu drücken.

„Junge, du musst dich deiner Verantwortung stellen. Irgendwann läuft der Moses dir direkt in die Arme."

„Lass mich nur machen, Vater!"

Er wusste selbst, dass er sich immer tiefer in seine Probleme verstrickte. Sein Schlaf wurde unruhig und in den quälenden Stunden, in denen er wach auf seinem Strohsack lag, wünschte er sich weit fort.

9

Der Monat August war gerade angebrochen, als Johann sich widerwillig nach Tecklenburg begab. Schon von Weitem erkannte er den schwarzen Gehrock des Juden, aber es war zu spät, um ihm auszuweichen. Unsicher setzte er ein Lächeln auf, um den Geldverleiher milde zu stimmen, aber je näher dieser kam, desto mehr gefroren seine Gesichtszüge.

„Marcus Moses! Heute in der Frühe habe ich bereits an dich gedacht."

„So, hast du das. Denkst du denn auch noch an deine Schulden, nebst Zinsen?"

Johann fühlte, dass er in der Falle saß. Weder heute noch morgen wäre er in der Lage, das geliehene Geld zurückzuzahlen. Seit Monaten wartete der Jude auf Einlösung seines Versprechens.

„Hast du mir nicht erzählt, dass dir in Leeden noch jemand etwas schuldet?"

„Ja, das ist richtig! Wir könnten gemeinsam dorthin gehen. Heute? Am späten Nachmittag?"

„Wo treffen wir uns? Hier in Tecklenburg, am Marktbrunnen? Ich warte um fünf unter der Linde, da ist es schattig."

Dolles Kopf dröhnte. Aber er sagte lebhaft gestikulierend zu. In seiner großen Not war seit Längerem ein teuflischer Plan in ihm gereift, aber er hatte diese Gedanken immer wieder beiseite geschoben. Jetzt gab es kein Zurück mehr.

Er verabschiedete sich wortlos und eilte über die Ibbenbürener Straße am Schweinemarkt vorbei, wo es kaum ein Durchkommen gab. In der Brunnengasse begegneten ihm zahlreiche Frauen und Kinder mit gefüllten Wassereimern. Auf dem Kammweg des Teutoburger Waldes kamen ihm einige Händler entgegen, die den Markt beschicken wollten, aber er hastete weiter, ohne sie eines Blickes zu würdigen.

Im nahen Brochterbeck gab es einiges zu erledigen und auf dem Weg dorthin dachte er fieberhaft nach. Lieschen hatte sein Geld schweigend und verbittert angenommen. Im gleichen Augenblick hätte er es ihr am liebsten wieder entrissen. Doch dann besann er sich, dass er sich nun um nichts mehr kümmern brauchte. Er hatte sich freigekauft, das ungeliebte Kind ging ihn nichts mehr an. Hin und wieder beschlichen ihn eine schmerzhafte Wehmut und Sehnsucht, aber dann dachte er wieder an die Last seiner Schulden. An manchen Tagen fragte er sich, ob dieses neue Problem nicht noch viel schwerer wog.

Leise fluchend begab er sich am Nachmittag nach Wechte und schlich in einiger Entfernung um das Haus des Geldverleihers, bis dieser vor die Türe trat, ihn jedoch nicht bermerkte. Er musste handeln, heute noch.

Sein ganzer Körper war in Aufruhr, als er sich von dort erneut nach Tecklenburg begab. Das Kopfsteinpflaster glänzte regennass und Johann blickte unablässig auf seine Füße, um nicht auszurutschen. Die kurvenreiche Straße hinauf hatte ihn durstig gemacht und so war er froh, endlich aus der Quelle am Wellenberg trinken zu können. Aus dem angrenzenden Waschhaus drang lautes Gezeter. Er stieg weiter bergauf und sah nach rechts in die Ibbenbürener Straße. Der Schweinemarkt hatte sich aufgelöst, aber inmitten der zurückgelasse-nen Fäkalien spielten die Waisen und unehelichen Kin-der aus dem Armenhaus. Im Torbogen des Junkerhofes versteckte er sich, um Luft zu holen.

Von Wechte aus hatte er Marcus Moses verfolgt. Jetzt schien er ihn aus den Augen verloren zu haben und lugte vorsichtig um die Ecke. Als Treffpunkt hatten sie die mächtige Linde, die über den Marktplatz wachte, ausgemacht. Aber er entdeckte ihn nirgends. Langsam schlich er näher, vorbei am Hause des Tagelöhners. Aus dem hinteren Teil des Gebäudes hörte er das Webschiffchen hin und her sausen.

Er musste den Juden töten, es gab keinen Ausweg aus seiner verfahrenen Situation. Aber hier? Vielleicht in der Burgruine? Oder in der Bastion? Besser wäre es, er bliebe bei seinem alten Plan. Im Habichtswald wäre er ungestört. Der Ledder Mühlenweg wurde zwar von zahlreichen Fuhrwerken genutzt, aber es kam nur auf den richtigen Augenblick an.

Johann fühlte ein Würgen im Hals und musste erneut stehen bleiben. Während er nach links, Richtung Leggetor blickte, wo gerade wieder Leinenhändler eingetroffen waren, entdeckte er den Geldverleiher im Gespräch mit dem Landphysikus.

Unauffällig begab er sich zur Linde und wartete dort auf sein Opfer. Marcus Moses schien guter Dinge und nach einem kurzen Wortwechsel machten sie sich gemeinsam auf den Weg.

Einzelne Gehöfte säumten die Straße, die an diesem Tag besonders stark befahren war. Johann blickte starr geradeaus und sprach nur das Nötigste. Er war fest entschlossen, seinen perfiden Plan auszuführen. Während der Wald dichter wurde, begann der Jude ein Gespräch.

„Wie geht es denn deinem Vater? Ich bin ihm kürzlich begegnet, da bekam er kaum noch Luft. Er wirkte so ausgezehrt."

„Hmmm..."

„Und wie geht es der Mutter?"

„Gut!"

„Die Kuh, hat sich der Kauf gelohnt?"

Johann räusperte sich nur und stellte erschrocken fest, dass ihm gerade einige Ledder Bauern grüßend entgegenkamen. Einer der Männer rief ihm etwas zu, aber er reagierte nicht.

„Sag, Dolle, ist es noch weit? Wir gehen doch in die falsche Richtung!"

„Nein, nein."

Verstohlen blickte er nach links und rechts, wo sich weiche Moospolster und Farne breitmachten. Zwischen den Buchen lag Reisig, so dicht, dass kein Durchkommen möglich war. Der Geruch des Waldes, so vertraut, stieg ihm in die Nase.

Er hatte einen guten Leumund, niemand würde ihm einen Mord zutrauen. Aber wie sollte er es anstellen? Sicher, er war dem Juden körperlich überlegen. Aber wenn er sich wehren würde? Ihm war, als laste ein schwerer Mühlstein auf seiner Brust und das Atmen fiel ihm immer schwerer. Er brauchte einen Stein. Oder einen Ast, ja, ein Ast wäre gut. Er könnte ihn zunächst als Gehstock benutzen. Die Kühle des frühen Abends ließ ihn frösteln und er zog seine schwere Jacke fester um die Schultern.

Ledde tauchte vor ihnen auf und Marcus Moses blickte ihn von der Seite an.

„Ich dachte, wir gehen nach Leeden?"

„Noch ein kleines Stück, Richtung Osterberg."

„Was ist mit dir? Du bist so schweigsam."

„Ach, ich bin nur froh, dass ich gleich meine Schulden los bin."

Auf der rechten Seite begann ein kleiner Wall und Johann entdeckte einen passenden Ast, den er prüfend in die Hände nahm.

Als er den verwunderten Blick des Juden sah, stützte er sich rasch auf und rief ihm zu:

„Geh nur schon vor, ich muss schnell meine Notdurft verrichten!"

Er wunderte sich selbst über seine Kaltblütigkeit, aber dann bemerkte er, wie seine Hände zitterten. Er versuchte, zu schlucken, aber seine ausgetrocknete Kehle machte es unmöglich. Es war fast vollbracht. Unruhig blickte er sich um, während Marcus Moses arglos Menebrökers Hof zustrebte, der schon in Sichtweite lag.

Mit schnellen Schritten, den Ast in den Händen, rannte Johann los. Blindlings schlug er zu, immer und immer wieder, und hörte nicht mehr auf, bis sein Opfer blutüberströmt am Boden lag. Er keuchte, ihm war übel und seine Gedanken überschlugen sich.

Es war so schnell gegangen, so leicht! Jetzt musste er ein Versteck finden! Im Wall gab es eine kleine Unterbrechung und er zerrte den auf dem Bauch liegenden Toten hinter die Erhebung. Dann ließ er ihn erschöpft fallen. Wieder blickte er sich um, voller Angst vor Entdeckung. Er trat zurück auf den Weg und verwischte die Blutspuren. Es war niemand in Sicht, aber von Weitem hörte er, wie sich ein Fuhrwerk näherte. Rasch versuchte er, seine Kleidung zu ordnen und betrachtete seine schmutzigen Hände, die von Blutspritzern übersät waren. „Meine Hose, was nun, meine Hose ist auch voller Blut", dachte er entsetzt. Mit Erde versuchte er, die Flecken zu überdecken, was nur notdürftig gelang. Er richtete sich auf und überlegte fieberhaft, dann eilte er zum nächsten Gehöft.

Gerhard Menebröker-Schoppenkämper öffnete erstaunt die Türe, als er den späten Gast hörte.

„Ach, der junge Dolle! Wie siehst du denn aus?"

„Mein Kämmerwagen ist steckengeblieben. Leihst du mir deine Schaufel?"

„Wo denn? Ich komme mit!"

„Lass nur, es ist ein gutes Stück des Weges. Ich bringe sie aber heute noch zurück!"

Der Kötter wunderte sich, aber er war dem Förstersohn gerne behilflich und holte die Schaufel aus dem Stall. Johann griff rasch danach, dann rannte er in die entgegengesetzte Richtung zurück und ließ den Verdutzten kopfschüttelnd stehen.

Der Waldboden war von Wurzelwerk durchzogen und nur mühsam gelang es ihm, ein wenig abzutragen. Widerwillig näherte er sich jetzt dem Toten und wagte kaum, ihn zu berühren. Er musste sich beeilen, bevor ihn jemand entdeckte. Gut, dass er mit dem Gesicht nach unten lag. Für einen kurzen Moment dachte er, dass er vielleicht noch leben könnte, hob die schwere Schaufel und schlug erneut auf den Kopf ein.

Das schwarze Haar war jetzt blutgetränkt und Johann fühlte wieder Übelkeit hochsteigen. Mit einem Ruck zog er den Leichnam in das Loch und warf hastig Erde, Reisig und Laub darüber. Erleichtert ließ er seinen Blick auf dem Grab ruhen. Dann ging er beschwingten Schrittes zurück zum Bauernhof. Aber sein Puls raste und er konnte dem Alten nicht in die Augen sehen.

Dem Kötter ließ das merkwürdige Gebaren des Heideläufers keine Ruhe und am nächsten Morgen suchte er den Weg nach Spuren eines Gefährts ab. Weil er nichts entdecken konnte, blickte er am Durchbruch ahnungsvoll hinter den Wall und stieß mit dem Fuß einen Reisighaufen beiseite. Als er einen Schuh heraus- ragen sah, wich er entsetzt zurück.

10

Wie ein Lauffeuer verbreitete sich die Nachricht, dass man Marcus Moses am Ledder Mühlenweg aufgefun- den hatte, grausam getötet und verscharrt. Während einige schon glaubten, ihre Schulden seien ihnen nun erlassen, wurde im Haus des Juden bereits Beweis- material gesichert. Alle Schuldner gerieten zwangs- läufig in Verdacht, aber man war sich schnell sicher, dass es nur der junge Heideläufer gewesen sein konnte.

Johann wusste, dass er verloren hatte. Als man kam, um ihn in die Verhörstube zu bringen, mied er den verzweifelten Blick seiner Eltern, die ihm sprachlos nachblickten.
Er war fast erleichtert, seine Schuld eingestehen zu können und beantwortete jede Frage, ohne etwas zu beschönigen. Aber seine Gedanken waren wirr und er war nicht in der Lage, die Folgen seiner Tat klar abzusehen. Schamesröte stieg ihm ins Gesicht, wenn er daran dachte, dass man ihn öffentlich an den Pranger stellen, ihn vielleicht sogar des Landes verweisen könnte. Oder würde man ihn gar hängen?
Jetzt, da alles zu spät war, wünschte er sich einen raschen Tod.
Gleich, nachdem er gestanden hatte, legte man ihn

in Ketten. Während der Fahrt zur Tecklenburg hatte sich an den Straßen bereits eine gaffende, johlende Menschenmenge versammelt. Unsicher starrte er auf den Boden des vergitterten Karrens und hielt sich dabei an den Eisenstäben fest. Einige schlugen mit Knüppeln nach ihm und erschrocken zog er seine Hände zurück und duckte sich.

So war er erleichtert, als mit einem dumpfen Schlag die Zellentüre hinter ihm ins Schloss fiel und Stille sich ausbreitete. Er blickte um sich und nahm im Halbdunkel eine Pritsche, einen Schemel und einen Eimer für die Notdurft wahr. Das winzige Fenster war so hoch angebracht, dass er nur ein Stück des grauen Himmels und die Spitzen einiger Baumwipfel sah. Leise vernahm er das Meckern einiger Ziegen, sie mussten ganz in der Nähe sein.

Plötzlich ergriff ihn Panik und er ließ sich auf den kalten, feuchten Steinboden fallen, wimmernd wie ein Kind. Lange lag er so da, bis er keine Tränen mehr hatte. Tränen um sein ungeborenes Kind, Tränen um Lieschen und um das junge Leben, das er so kaltherzig ausgelöscht hatte. Er dachte an seine unbescholtenen Eltern und an die Familie des Marcus Moses.

Sein Recht auf ein glückliches Leben war verwirkt.

Tief berührt von dieser Freveltat verfasste der Pastor Wedde zu Lotte eine Predigt wider den Totschlag eines Menschen. Die Schrift wurde gedruckt und großzügig unter der Bevölkerung verteilt. Selbst der König erhielt ein Exemplar von ihm.

Unter der Femelinde im nahen Habichtswald wurde über Jahrhunderte Recht gesprochen. Jetzt bildete das Kammergericht Lingen die richterliche Oberinstanz. Am 15. Juni 1785 wurde das Urteil gefällt. Man beriet lange, aber der heimtückische Mord ließ nur die grausame Strafe des Räderns zu.

Scharfrichter Eschmeyer bekam einen gehörigen Schrecken, als man ihm die Nachricht überbrachte. Doch nachdem er sich mit Henrich beraten hatte, kehrte sein Selbstbewusstsein rasch zurück. Er besann sich wieder auf seine Ahnen, die, gleich einer langen Kette, das Amt mit Stolz und Würde ausgefüllt hatten.

„Sprich mit Nicolaus", forderte Anna Maria ihn vorsichtig auf, denn sie sah seine Zweifel.

„Soll ich mir Ratschläge bei meinem Bruder holen?" Verbittert dachte er an den 20 Jahre zurückliegenden Erbstreit mit Nicolaus Esselmeyer. Damals hatte man dem Scharfrichter von Rheine das Tecklenburger Privilegium nicht gegeben, weil dieser persönlich das Schinderhandwerk betrieben hatte. Er selbst hatte, als er noch Halbmeister in Mettingen war, diese niedere Arbeit stets seine Knechte tun lassen. Für einen Augenblick wünschte er sich, Nicolaus wäre jetzt an seiner Stelle.

Beherzt klopfte Henrich ihm auf die Schulter.

„Wir werden unser Bestes geben, Vater. Aber jetzt lass uns auf dem Knuflocksberg Schützenfest feiern. Gleich beginnt die Bürgerey mit dem Zug durch die Stadt! Vielleicht hat der berüchtigte Räuberhauptmann da oben wieder seine Beute vergraben und wir kommen ihm heute auf die Schliche!"

Es war die Pflicht eines jeden Hausbesitzers, zum Schutz der Stadt dem Verein beizutreten und regelmäßig an den Übungen teilzunehmen. Exerzieren, Feuerlöschen und Schießen wurden stets mit Eifer geprobt. Während Johann Dolle in seiner Zelle von ferne, wie aus einer anderen Welt, die Vorbereitungen zum Königschießen vernahm, machte sein Verteidiger, der Justiz-Kommissar Krummacher, sich auf den Weg hoch zur Burg.

Der Gefangene blickte ihm gefasst und offen ins Gesicht und schwieg eine Weile, als er das Urteil vernommen hatte. Krummacher ging nervös im Raum auf und ab, denn ihm war klar, welche Qualen den Mörder erwarteten. Gewiss, er hatte die Strafe verdient, aber er hoffte, das Urteil noch abmildern zu können.

Als hätte Dolle seine Gedanken erraten, warf er jetzt beherzt ein:

„Ich danke meinem gnädigen Gott, dass es nun bald vorbei ist. Wenn es nur schnell geht."

„Genau das möchte ich erreichen. Wir werden um die Gnade bitten, dass du erdrosselt wirst, bevor man dir die Gelenke zerschlägt."

Für Johann begann eine weitere, bedrückend lange Zeit des Wartens. Auch Franz Eschmeyer bedauerte die Galgenfrist. Er hatte bereits beschlossen, den Delinquenten gleich am Anfang unbemerkt zu erdrosseln. So hatte er es anderswo schon gesehen und so schien es in letzter Zeit auch Sitte geworden zu sein.

Unaufhaltsam rückte der Tag der endgültigen Urteilsverkündung näher. Johann fühlte keine Hoffnung auf
Gnade, zu schwer wog seine Schuld. Immer wieder
kreisten seine Gedanken um das Geschehen. Er sah
Lieschen vor sich, so klein und zart und voller Angst,
als sie ihm von ihrer Schwangerschaft berichtet hatte.
Tränen der Reue stiegen in seine Augen, während er
weiter seine Gedanken schweifen ließ. Warum hatte er
sie in dieser Not alleingelassen? Wie hatte er glauben
können, dass Geld alle Probleme aus der Welt schaffen würde? Und Marcus Moses… Unbarmherzig von
seiner Hand ermordet! Sein Herz schmerzte, als er die
Bilder seiner Tat vor sich aufsteigen sah!
Viele Male hatte sich der Pastor der reformierten
Kirche sein Wehklagen angehört. Nur selten kehrten
Momente der inneren Ruhe ein. Er konnte nichts
ungeschehen machen. Wann würde er endlich von
seinen Qualen erlöst werden?
Auf dem Gang hörte er Schritte und er hoffte, sie
würden Moritz Görtz gehören. Der Gefangenenwärter
war nicht so roh, wie die verpflichteten Eigenhörigen
und die Knechte des Abdeckers, die hin und wieder
den Raum reinigten.
Die Schritte entfernten sich wieder und Johann starrte
Richtung Fenster. Das eintönige Summen der Fliegen
wirkte einschläfernd. Aufgewühlt und doch wie betäubt ging er in seiner kargen Zelle auf und ab und entschloss sich, eine Weile zu ruhen.
Sein Rücken schmerzte von der harten Pritsche, doch
dann überfiel ihn doch der Schlaf und ließ unaufhörlich

blutige, verworrene Traumbilder vor seinen Augen aufsteigen.

Endlich war die rechtskräftige Entscheidung gefallen und wurde allgemein begrüßt. Regierungs-Sekretär Mettingh mühte sich zwei Tage nach der Urteilsverkündung redlich, den erforderlichen Brief an den König lückenlos und in tiefer Ehrfurcht zu verfassen. Während er zügig begann zu schreiben, fühlte er förmlich eine tiefe innere Verbeugung und schloss ergriffen die Augen. Bewegt hatte er miterlebt, wie Johann Henrich Dolle die Nachricht aufgenommen hatte. So ruhig und gefasst, dass ihm schon fast unheimlich zumute war. Voller Freude, dass nun endlich ein Urteil gefällt worden war, hatte er furchtlos um einen raschen Vollzug gebeten. Halfen ihm die Grundsätze der reformierten Kirche, der Glaube an Wiedergutmachung durch den eigenen Tod?
Mettingh konzentrierte sich wieder auf seinen Brief. Der Scharfrichter Franz Eschmeyer hatte bereits zugesagt, die Exekution zu vollziehen. Er konnte Erfahrung vorweisen und hatte stolz von Hinrichtungen auf der Telgter Heide und in Lingen berichtet. Gehilfen würde er mitbringen.
Der Sekretär überlegte kurz. Sicher wären seine Abdecker und deren Knechte zur Stelle. Die Überbleibsel von Galgen und Rad taugten nichts mehr. Eschmeyer bestand auf neuen Rädern und zusätzlich, auch wenn er nicht gleich gebraucht würde, auf einem neuen Galgen.
Schmied Brünemeier, der Zimmermann Kalthoff und der Radmacher Grabig in Wechte, die sich auch um

die Zahlungen kümmern sollten, müssten aufgesucht werden. Die Rechnungen gingen vorläufig an die Königliche Kammerdeputation.

Wegen der Gauversammlung hatte Mettingh im Archiv nachgeschaut, aber keine Anordnung gefunden. Eschmeyer meinte, die Intruper Bauern wären vom Göding befreit, aber da der Lengericher Galgen in deren Besitz läge verpflichtet, alles, was zum hochnotpeinlichen Halsgericht gehörte, aufzurichten. Dazu gehörte auch, das Holz hinzufahren und alle erforderlichen Arbeiten zu erledigen.

Viel Zeit war seit der letzten Hinrichtung vergangen und niemand wusste mehr genau, wer den Intruper Bauern die Kosten erstatten musste.

„Es wird wohl die Königliche Kreis- und Domänenkammer sein", murmelte er und teilte dem König mit, dass dieses Kammerkollegium auch dem Vogt zu Lengerich, Amtmann Sparenberg, weitere Order erteilen müsste. Dieser könne bei den Alten in der Gegend Erkundigungen einholen, was bisher Sitte und Verpflichtung gewesen sei. Schließlich waren Werkzeuge nötig, auch Fuhren und Handdienste.

Der Eigenhörige Colonus Caldemeier hatte die Pflicht, den armen Sünder zum Richtplatz zu fahren. Wenn er sich weigern würde, müsste sicher ein Beamter der Kammerdeputation diese Aufgabe übernehmen. Wer auch immer dafür zuständig war, bei der Exekution würde er dabei sein müssen.

Reichten ein oder zwei Beamte zu Pferde, den Kreis zu schließen? Ordnung musste sein, es würde einen großen Zusammenlauf der Menschen geben. In Lingen hatte der alte Oberjäger Bauer dieses gut verrichtet.

Aus jedem Kirchspiel könnte er sicher auch hier seine Mannschaft zum Richtplatz bestellen.

Er seufzte und dachte wieder an Dolle, der immer wieder um eine rasche Hinrichtung gebeten hatte. Regierung und Kammer hatten sich bisher viel Zeit gelassen.

Wenige Tage später sah Mettingh sich genötigt, erneut ein Schreiben aufzusetzen, in dem er sich über die Denkweise der Galgenbauern aus Intrup ausließ.

Neue Pflichten wollten sie nicht übernehmen, die alten jedoch geduldig tragen. Bauer Caldemeier käme nicht umhin, den Dolle zu fahren. Schließlich sei er von anderen Diensten frei.

Johannemann, Hollenberg und Suhrkamp waren erschienen und hatten weitere Namen genannt: Hullmann, Kölle, Feldkamp, Dieckmeier, Kienemann, Rahe, Schröer, Schweer, Klopmeier und Rührwiem. Da Schröer und Schweer verpflichtet wären, Galgen und Räder in Stand zu halten, brauchten sie nicht zum Göding erscheinen und keine Wache auf dem Schloss halten. Beide fürchteten um ihre Rechte und forderten nach alter Sitte die Anweisungen des Scharfrichters. Mit dem eisernen Werk wollten sie nichts zu tun haben, aber sie erinnerten sich, dass eine alte Leiter, zuletzt benutzt, als Hörstebroks Magd hingerichtet wurde, in Kienemanns Schoppen verwahrt wurde.

So vieles gab es zu bedenken; der Sekretär notierte, dass die Intruper Bauern darauf bestanden, im inneren Kreis zu stehen, wenn es Dolle an den Kragen ginge. Als Zeichen der Berechtigung forderten sie vier Äxte und eine Schaufel oder Hacke, die sie in der Hand halten wollten.

Von den Alten Diekmeier und Johannemann hatten sie erfahren, dass das Holz für eine Leiter aus dem Kienebrink zu holen sei.

„Eine Leiter ist doch vorhanden",

brummte Mettingh vor sich hin. Aber er schrieb weiter auf, dass im Tannenkamp bei Hollenbergs Leibzucht kräftiges Holz zu finden sei. Auch um die Bezahlung ging es während der Beratung, man sprach von einem Taler, ohne zu wissen, wer ihn in alter Zeit gegeben hätte.

Sie kamen nicht umhin, noch einmal den Scharfrichter zu befragen.

12

Der letzte Abend war angebrochen, von Johann Heinrich Dolle gefürchtet und gleichzeitig herbeigesehnt. Im tiefen Gebet versunken kniete er vor seiner harten Pritsche. Durch die Gitterstäbe fielen die letzten Sonnenstrahlen des Tages und warfen Muster auf die dünne, schmutzstarrende Leinendecke. Stunde um Stunde hatte er sich mit einem Traum gequält, der ihn in der Nacht zuvor heimgesucht hatte. Immer wieder versuchte er, seine wirren Gedanken zu beruhigen, aber es gelang ihm nicht.

Kaum wahrnehmbar klopfte es jetzt an die Türe.

„Nein, bitte, nicht jetzt schon! Bitte lasst mir meine letzten Stunden! Ich weiß ja, das ich sterben muss. Ich habe diese Strafe verdient, aber..."

„Sei ganz ruhig, mein Sohn! Ich bin es, der Prediger Kriege!"

Mit einem tiefen Seufzer stützte Dolle sich auf die Bettkante, erhob sich mühsam und begrüßte seinen Gast. Seine Augen wirkten fiebrig und flackerten.

„Bist du gut vorbereitet? Man sagte mir, du hättest dein Urteil mit großer innerer Ruhe angenommen. Jetzt sehe ich dich so ängstlich und verwirrt."

Dolle fuhr sich mit beiden Händen durch das Gesicht und rieb die feuchten Augen, bis sie rotgerändert waren. Mit klarem, festem Blick richtete er sich nach einer Weile auf, aber seine Stimmte bebte, als er sprach.

„Ja, ich hatte geistlichen Beistand. Ich bin bereit. Aber in der letzten Nacht..."

Er stockte und schaute niedergeschlagen auf seine nackten, schmutzigen Füße.

„Sprich weiter, ich höre dir zu."

„Ich hatte einen Traum, so furchtbar, dass ich es kaum aussprechen mag."

Er fühlte einen Kloß im Hals und fuhr sich unbewusst mit der Linken über die Brust. Sein Herz klopfte wild und hart, als er weitersprach.

„Ich sah den Scharfrichter und wusste gleich, dass er nichts von seinem Amt versteht. Ich bat ihn, einen anderen zu beauftragen, aber er ließ nicht von mir ab. Er hat mir die schrecklichsten Schmerzen zugefügt!"

Ermattet setzte er sich auf seine knarrende Pritsche, während der Prediger einen Holzschemel nahe an ihn heranschob und sich setzte. Die Stille im Raum wog schwer und wurde nur von dem Kreischen einiger Krähen unterbrochen, die sich vor dem kleinen Fenster stritten. Dolle blickte abwesend ins Leere und faltete seine Hände, bis die Knöchel weiß hervortraten.

„So ist es recht, mein Sohn, lass uns beten. Es war nur

ein Traum, beruhige deine Seele. Der Scharfrichter..." Plötzlich überfiel auch ihn ein bedrückendes Gefühl, eine Ahnung, die er nicht zu deuten wusste. Er stand auf und trat an das Fenster. Ein kühler Luftzug streifte ihn, während er hochblickte und durch die kleine Öffnung sah, wie sich einige Baumwipfel im Wind wiegten. Tief Luft holend wandte er sich wieder dem unglücklichen Delinquenten zu.

„Der Scharfrichter", fuhr er fort, „hat doch die Befugnis von Friedrich dem Großen persönlich erhalten. Wie man mir sagte, hat er in Lingen und Münster schon sein Können gezeigt. Komm, lass uns gemeinsam beten, das wird dir helfen."

Sie knieten nieder, während es draußen bereits dämmerte. Nur das Surren einiger Insekten unterbrach den monotonen Singsang Krieges, der sichtlich bemüht war, seinem Schützling die letzten Stunden zu erleichtern.

„Ich bereue zutiefst die schwere Schuld, die auf meinen Schultern lastet. Ach, könnte ich es doch nur ungeschehen machen! Der Moses würde noch leben und mein neugeborenes Kind..."

„Hätte einen Vater? Nun, du hast dich doch dagegen entschieden und dem armen Mädchen eine Abfindung gezahlt. Aber das Geld hättest du dem Juden auf ehrliche Art und Weise zurückzahlen müssen."

Sie versanken wieder in gemeinsames Flehen um Gnade und innere Ruhe.

Ein lautes Gepolter schreckte die beiden auf. Gleich darauf öffnete sich die Zellentür und einer der beiden Wärter schob einen Napf vor Dolles Füße.

„Deine Henkersmahlzeit! Hier, einen Becher Grüsing

sollst du auch haben, bevor du morgen zur Hölle fährst!"

Seine Worte, voller Verachtung und Spott, hallten nach, und der Prediger schüttelte missmutig den Kopf. „Deine Hinrichtung dient auch dazu, dich doch noch in das Himmelreich schauen zu lassen, das ist gewiss! Und nun nimm deine Mahlzeit zu dir, damit du morgen festen Schrittes den Richtplatz betreten kannst. Ich werde dort sein... und weitere Geistliche ebenfalls."

„Und der Pöbel..."

„Das lässt sich nicht vermeiden, Johann. Für viele ist es ein Volksfest. Aber sie werden zurückgedrängt von 350 angeforderten Bauern und können dir kein Leid zufügen."

„Sie werden mich verspotten und sich an meinen Schmerzen weiden."

Kriege wandte sich besorgt zur Türe.

„Gott sei mit dir. Versuche, zu schlafen."

Beim Hinausgehen fiel sein letzter Blick auf einen Eimer mit Exkrementen, der mit großen schwarzen Fliegen übersät war.

13

Franz Eschmeyer fühlte sich unwohl in seiner Haut. Er wusste, dass man ihm auf die Finger schauen würde. Mehrfach hatte er sich vergewissert, dass alles ordentlich vorbereitet war. Die neue Leiter aus dem Kienebrink lehnte bereits am Galgen und brauchte nur noch geholt werden. Prüfend hob er das Rad in die Höhe. Es erschien ihm zu groß, um es alleine zu benutzen.

Andererseits war es leichter als erwartet.

Mit dem Daumen fuhr er über die Eisenbeschläge und legte es dann zufrieden zur Seite. Der Dolle hatte sein Urteil verdient und dementsprechend war die Strafe ausgefallen. Er war gespannt, ob der Mörder so gelassen auftreten würde, wie man es ihm nachsagte. Im Angesicht des Todes flehten viele in letzter Sekunde verzweifelt um ihr Leben.

Er spannte das Seil zwischen seinen Händen und zog daran. Es war nun offiziell gestattet, dem Hinzurichtenden durch Erdrosseln die Qualen abzukürzen. Oftmals bekamen die Zuschauer diesen Umstand gar nicht mit und stöhnten beim Herabsausen des Rades jedes Mal mitfühlend auf, wie er als Gehilfe anderswo gesehen hatte. Wie viel einfacher wäre es gewesen, wenn das Schwert zum Einsatz gekommen wäre. Dann hätte es genügt, wenn die Intruper Bauern Richtblock und Auffangkorb gestellt hätten.

Gedankenverloren blickte er Richtung Lengerich, wo sich eine dichte Nebelwand gebildet hatte. Nun, im Oktober, wurden die Tage bereits kürzer, und das Laub hatte sich vielerorts gelb und rot verfärbt. Die Wälder auf den Hügelketten Richtung Hagen verschwanden jetzt völlig im Dunst und er beschloss, sich auf den Heimweg zu begeben. Dolles Schicksal war besiegelt, der König selbst hatte das Urteil abgesegnet.

Es schien ein Tag wie jeder andere zu werden, jener 21. Oktober 1785, und doch lag eine unerklärliche Schwere über dem Tecklenburger Land. Die meisten Bewohner wachten bereits sehr früh am Morgen auf, denn niemand wollte das blutige Schauspiel auf dem Lengericher Galgenknapp verpassen. Die letzte Hinrichtung lag bereits so lange zurück, dass nur noch die Ältesten davon zu berichten wussten, wie sie als Kinder dabei sein durften.

Johann Dolle betete unaufhörlich in seiner kargen Zelle, dass er recht schnell von den Qualen seines schlechten Gewissens erlöst werden möge. Er blickte dem Wärter Görtz entschlossen ins Gesicht, als dieser mit einem wortlosen Gruß die Zellentüre öffnete. Das war nun die letzte Stunde seines kurzen Lebens, er wollte sie gefestigt im Glauben begehen.

Vor dem Gefängnis hatten sich bereits Hunderte versammelt. Als er, in Ketten gelegt, auf den Schinderwagen gebracht wurde, ging ein Raunen durch die Menge. Man hatte ihn verkehrt herum gesetzt, damit er die Welt hinter sich lassen konnte, und er sah zwischen den Ruinen die Ziegen weiden, deren Gemecker er in seinen einsamsten Stunden so oft vernommen hatte. Dort, wo einst Remisen und Werkstätten standen, hatten die Tecklenburger Bürger Obstbäume angepflanzt. Über 40 Jahre zuvor war vom König der Befehl ergangen, die Burg abzubrechen, die ihn so viel Geld kostete. Überall in der Stadt waren daraufhin die Treppen, Simse, Fliesen und Steine verbaut worden. Johann blickte hinauf zum Prunktor mit den zahlreichen Wappen links und rechts der steinernen Göttin Minerva. Bei seiner Einlieferung hatte er nichts wahrgenommen, aber jetzt war sein Blick so klar, als wolle er alles noch einmal in sich aufsaugen.

Einzelne Flüche wurden laut, während der Zug sich in Bewegung setzte. Der Wagen rumpelte an dem steinernen Brunnen und dem Gericht vorbei, die Brauerstraße und Ibbenbürener Straße hinab und Johann spürte jede Unebenheit im Kopfsteinpflaster. Kurz vor der Gabelung blickte er nach oben zur Kirche, deren Glockengeläut jetzt ohrenbetäubend laut wurde. Sie bogen nach links ab, auch hier säumten unzählige Menschen die Straße. Er war froh, als es am Wellenberg stiller wurde, sie das Himmelsreich passiert hatten und er das Haus Marck erblickte. Hinter dem Torbogen begann links eine kleine Allee. Sein Blick fiel ebenfalls auf das Laub der Bäume, das sich farbenfroh verfärbt hatte und er lächelte unbewusst. Doch dann sah er erschrocken, dass die Meute ihnen voller Hass folgte.

Franz Eschmeyer wünschte sich, der Tag wäre bereits vorbei. Zippel hatte sich angekündigt und er wusste, was das bedeutete. In der Vergangenheit hatte dieser nichts unversucht gelassen, ihm zu schaden. Während er das Rad noch einmal überprüfte, legte Henrich die Hölzer zurecht, auf die der Delinquent sich gleich legen würde. Für Vater und Sohn war es die erste Hinrichtung dieser Art. Das Schwert zu führen, bedeutete, ein gutes Augenmaß zu besitzen. Einen Verurteilten am Galgen aufzuknüpfen, schien Henrich noch am einfachsten zu sein. Heute würden sie die ehrloseste aller Strafen anwenden, das Rädern. Sie hatten beschlossen, das eisenbeschlagene Rad gemeinsam zu bedienen.

Er sah sich auf dem Richtplatz um. Der Wirt Amberg, bei dem sie anschließend speisen wollten, war bereits anwesend und unterhielt sich angeregt mit den Amtsdienern Engeln und Erforth aus Mettingen. Oberjäger Bauer und sein Ausreiter Els standen nicht unweit der angrenzenden Baumreihe und beobachteten die Vorbereitungen mit ernsten Blicken. Richter Holsche und der Landphysikus Kemmerich betraten nun ebenfalls den weitläufigen Platz. Von weitem hörte Henrich die johlende Menge. Richter Mettingh, der Regierungs-Sekretär, nickte ihm zu und wandte sich dann an die Richter Stock und Uffheber.

„Hört ihr sie, die pöbelnden Bauern? Ich hoffe, Amtmann Arendt hat seine 150 Männer beisammen."

Franz Eschmeyer gesellte sich hinzu und jedermann erkannte an seinem hochroten Kopf, wie aufgeregt er sein musste.

„150 Mann, da kommen sie! 30 davon mit Gewehren, der Rest hat Knüppel mitgebracht. Und Ladbergen stellt weitere 200 Mann."

Er deutete auf Arendt, der hoch zu Ross gerade mit seinem Gefolge eingetroffen war. Unmittelbar dahinter folgte die Wehr aus Ladbergen.

„Henrich, sind die Pflöcke im richtigen Abstand in den Boden geschlagen?"

Sein Sohn nahm ihn zur Seite, ohne darauf einzugehen.

„Vater, wenn der Zippel kommen sollte, dann beachte ihn gar nicht. Wir werden das hier schon meistern."

Er hatte kaum zu Ende gesprochen, da entdeckte er den verhassten Osnabrücker Scharfrichter in Begleitung seines Halbmeisters Sparenberg aus Neuenkirchen bei Vörden. Wenige Schritte dahinter trottete sein Knecht Gottfried Stephan über die Wiese.

„Ruhig bleiben! Denen werden wir es zeigen!"

Der alte Eschmeyer fühlte Wut und Ohnmacht hochsteigen, aber er versuchte, sich zu sammeln und blickte mit leeren Augen in die Ferne. Nicht weit vom hoch aufgerichteten Pfosten mit dem waagerecht angebrachten großen Rad, auf das er später den Dolle flechten würde, erblickte er den neuen Galgen. Gute Arbeit des Zimmermanns, dachte er sinnend und konzentrierte sich wieder auf die Maschine am Boden. Der Zug mit dem unglücklichen Heideläufer, der nicht abwarten konnte, zu sterben, rückte näher.

Von allen Seiten strömten jetzt Schaulustige herbei und er fand, dass es Zeit wurde, sich in Position zu stellen. Breitbeinig und mit unbeweglicher Miene begab er sich an seinen Platz und Henrich gesellte sich hinzu.

Johann wischte sich hin und wieder verstohlen eine Träne aus den Augen. Jetzt kniend und mit gefalteten Händen erwartete er die Ankunft auf dem Lengericher Berge. Eine unbändige Trauer stieg in ihm hoch, während sie das Bauernhaus passierten, in dem Lieschen und sein Kind lebten. Vorbei, alles vorbei, durch meine Schuld, dröhnte es in seinem Kopf.

Während die Glocken der Tecklenburger Kirche ihn verabschiedet hatten, begrüßte ihn nun das eintönige Arme-Sünder-Glöckchen der Stadtkirche von Lengerich. Einer der bewaffneten Wächter zog ihn brutal zurück, so dass die schweren Eisenketten tiefe Spuren an seinen Handgelenken hinterließen. Mit einem kurzen Aufschrei nahm Johann den heftigen Schmerz zur Kenntnis, mahnte sich aber sofort wieder zur inneren Ruhe. Nur noch kurze Zeit, dann würde er alles Weltliche hinter sich lassen. Er fühlte seinen Darm rumoren, während er vor sich die wartende Menschenmenge registrierte.

Colonus Caldemeier, der das Pferd lenkte, schnalzte

mit der Zunge, als er den von Kalthoff gelieferten und von den Intruper Bauern aufgerichteten Galgen sah. Dann entdeckte er die kräftigen Pfosten mit den großen Rädern und ein Schauer lief ihm über den Rücken. Verstohlen warf er einen Blick zurück und sah für einen kurzen Augenblick Verzweiflung in Dolles Augen aufflackern, der sich ebenfalls umgedreht hatte. Der alte Mann kannte Johann bereits seit Kindertagen. Er schwankte unsicher zwischen Abscheu und Mitleid. Während das Gefährt anhielt und der Gefangenenwärter dem Delinquenten herunterhalf, ergriffen bereits drei Knechte des Henkers die Ketten und zogen ihn hinter sich her. Johann stolperte einige Male, aber er bemühte sich, aufrecht und tapfer den Eschmeyers entgegenzutreten.

Wie von ferne hörte er die öffentliche Urteilsverkündung und das anschließende Raunen in der Menge. Dann war es wieder still und er spürte förmlich, wie alle den Atem anhielten. Es war ihm, als würden seine Sinne schwinden, als zwei der Knechte ihn packten und niederwarfen. Arme und Beine waren in Windeseile an den Pflöcken befestigt und er sah aus den Augenwinkeln, wie der dritte Knecht bereits das eisenbeschlagene Rad in den Händen hielt. Tröstend setzte das Gebet der Geistlichen ein. Alle waren gekommen: Arnold Essenbrügge, Diedrich Meese, Rudolf Smend, Arnold Kriege und Friedrich Mische. Johann warf einen letzten Blick in die Runde, wo sich ihm ein unwirkliches Bild bot. Wie erstarrt standen die Intruper Bauern im inneren Kreis und hielten ihre Äxte und Hacken in die Höhe. Tausende hatten sich dahinter versammelt und reckten und streckten sich, um einen

Blick auf das Geschehen werfen zu können. „Ohne die bewaffnete Wehr würde es jetzt zu einem Tumult kommen", dachte Johann und begann wieder, leise zu beten. Seine Augen waren zum Himmel gerichtet, wo eine einzelne dunkle Wolke sich gerade vor die Sonne schob.

„Lebt wohl, Mutter und Vater. Lebt wohl, alle miteinander, die ihr mir wohlgesonnen wart. Alle, die mir Übles taten... ich verzeihe euch. Marcus Moses, Lieschen, mein Kind... wir werden uns in Gottes Angesicht wiedersehen. Bitte verzeiht auch ihr mir meine Schuld..."

Während er leise vor sich hin murmelte, sah er in das irritierte Gesicht von Franz Eschmeyer, der seinem Knecht gerade zwei Halstücher und einen Strick reichte. Johann versuchte ein Lächeln.

„Nun mach nur schnell, damit es gleich vorbei ist."

Aus der Menge sah er Zippel hervortreten, der grinsend versuchte, sich einzumischen.

„He, du da! Bist du nicht der de Grodt? Komm, ich zeig dir, wie du den Strick anlegen musst!"

„Hör gar nicht hin!"

Henrich redete eindringlich auf den Knecht ein.

„De Grodt, so wie du es machst, ist es falsch! Du musst mit dem Fuß auf das Seil treten."

Franz Eschmeyer warf dem Osnabrücker Scharfrichter einen wütenden Blick zu. Dabei sah er, dass auch sein Bruder Nicolaus, der Henker von Rheine, eingetroffen war und eine besorgte Miene machte. Direkt daneben hatten sich einige Scharfrichtersöhne von weit her versammelt, auch Joes stand dabei. Jede Hinrichtung galt als eine willkommene Lehrstunde.

Johann fühlte erneut, wie die Angst durch seine Gedärme kroch und das Blut in seinen Ohren rauschte. Sein Traum war ihm schlagartig wieder eingefallen und mit versagender Stimme bat er darum, man möge ihm die Tücher wieder abnehmen.

„Siehst du, der arme Kerl weiß es besser als ihr. Weg mit den Tüchern! Legt das Seil unter den Adamsapfel!"

Franz Eschmeyer rannen jetzt unaufhörlich Schweißtropfen von der Stirn, entschlossen nickte er seinem Sohn zu und zog mit einem kräftigen Ruck an dem Seil. Dann ergriffen sie das Rad und ließen es mit voller Wucht auf den Leib herabsausen. Dreimal, viermal… und weitere vier Male auf Arme und Beine, so dass die Gelenke brachen.

Während Johann ohnmächtig auf der hölzernen Maschine lag, schrie Zippel in die Runde:

„Falsch, alles falsch! Franz, du bist einen Kopf größer als Henrich. Das kann nichts werden!"

Scharfrichter Tüchter aus Schüttorf stand neben ihm und hob unsicher die Schultern. Aus der Menge rief unvermittelt ein Tecklenburger Beamter:

„Dreh ihn um! Gib ihm den Gnadenstoß in den Nacken!"

Eschmeyer verlangte unbeirrt nach seinem Knecht.

„Hammer und Nagel, mach schon!"

Ohne sich um weitere Zwischenrufe zu kümmern, trieb er den Nagel seitlich durch den Kopf und heftete diesen am Pfosten fest. Die Beine flocht er durch die Speichen, so dass Johann Dolle sich nun sitzend auf dem blutigen Gerüst befand.

„Was wollt ihr? Er ist tot!"

Es war mittlerweile Mittag geworden und während die Knechte noch eine Weile auf dem Platz blieben, beschlossen die anwesenden Richter, das Spektakel zu verlassen. Die Intruper Bauern griffen nach der Leiter, um sie bei Kienemann zu verstauen. Auch Zippel machte Anstalten, zu gehen, warf aber noch einmal einen Blick auf das Rad.

„Der zuckt ja noch", sprach er mehr zu sich selbst.

„Sparenberg, sieh dir das an."

Der Halbmeister blickte nach oben und tippte dabei dem Knecht des Zippel, Gottfried, auf die Schulter.

„Der Dolle lebt noch! Komm, wir bleiben hier!"

Zippel wandte sich zum Gehen und schüttelte den Kopf.

„Ich habe genug gesehen. Der Eschmeyer ist ja völlig unfähig! Beobachtet alles Weitere. Jetzt ist der Weg für meinen Sohn geebnet. Das ist so sicher wie das Amen in der Kirche."

14

Franz und Henrich Eschmeyer verzichteten auf das Essen im Gasthof Amberg. Zu aufgewühlt waren sie nach den Ereignissen der letzten Stunden. Schweigend begaben sie sich zurück nach Wechte. Anna Maria trat ihnen vor dem Haus entgegen. Sie beschloss jedoch, Fragen zu vermeiden und widmete sich wieder ihrer Hausarbeit.

Auch die zahlreichen Schaulustigen traten den Heimweg an. Nur Vereinzelte blieben in der Nähe des Rades stehen, um das schaurige Geschehen zu verarbeiten.

Unter den Anwesenden war auch der Landrentmeister Bauer, der ebenso wie Sparenberg, Stephan und die drei Knechte des Eschmeyer den zuckenden Körper beobachtete. Als der Ausreiter Els zum zweiten Male die Richtstätte aufsuchte, reichte es Bauer.

„Es ist bereits vier Uhr am Nachmittag! Der Dolle lebt immer noch! Er atmet und bewegt sich. Jetzt müssen wir handeln!"

Er gab Els den Befehl, sich schnellstmöglich nach Tecklenburg zu begeben, um Meldung zu machen. Dort war man nach dieser Nachricht in heller Aufregung und schickte den Gefangenenwärter Görtz eiligst nach Wechte, damit der Scharfrichter sich selbst von der misslungenen Hinrichtung überzeugen konnte. Auch den Hoffiskal Holsche sollte er benachrichtigen und die Umstände ausführlich schildern.

Zunächst war Franz Eschmeyer nicht zu bewegen, den Galgenknapp noch einmal aufzusuchen. Aber Görtz blieb beharrlich und drohte ihm schwerste Strafen an. Schließlich ließ Henrich sich überzeugen und holte seine Knechte, die sich bereits wieder zu den Fillerkuhlen begeben hatten, hinzu. Der Vater folgte ihnen unwillig und mürrisch.

Währenddessen war der Doctor und Landphysikus Kemmerich am Sünderliet eingetroffen und bahnte sich erneut einen Weg durch Hunderte von Schaulustigen, die sich wieder versammelt hatten. Ein Bauer aus der Nachbarschaft brachte eine Leiter herbei und Kemmerich kletterte rasch hinauf. Entsetzt sah er, wie Dolle immer wieder Atem holte und die Schultern hochzog. Von unten rief jemand:

„Wir hören ihn röcheln, ganz deutlich! Holt endlich

den Scharfrichter, damit der ihn erlöst!"

Der Doctor schaute verzweifelt in das Gesicht des Sterbenden, das immer noch eine lebhafte Farbe hatte. Die erweiterten Pupillen und geschwollenen Adern nach etlichen Stunden auf dem Rad zeugten von fürchterlichen Qualen. Ratlos blieb er eine Weile dort oben, dann sah er, wie Schaum vor dessen Mund trat und die Achseln hochgezogen wurden. Gleich darauf weiteten sich die Pupillen und die Haut wurde leichenblass.

Nach einer Weile stieg Kemmerich langsam die Leiter hinab. Am Morgen hatte er geglaubt, der Dolle wäre verschieden. Aber wenn er es recht bedachte, so war der Nagel seitwärts in den Kopf geschlagen worden und hatte nicht ausgereicht, um den Delinquenten endgültig zu töten. Jetzt war er endlich erlöst.

Während Henrich den Richtplatz erreicht hatte und die Knechte sich um das Rad versammelten, war der alte Eschmeyer verärgert weit hinter ihnen zurückgeblieben. Noch bevor er Lengerich erreichte, kamen ihm bereits wütende Bauern entgegen und schlugen fluchend auf ihn ein. Im Handgemenge verlor er seinen Hut, aber vor lauter Angst kümmerte es ihn wenig. Er fühlte, dass er in den Augen der anderen jämmerlich versagt hatte.

„Jetzt ist unser Ruf endgültig dahin und wir können uns nirgendwo mehr blicken lassen."

„Wenn es nur das wäre", murmelte Henrich und Joes pflichtete ihm besorgt bei.

Im gesamten Tecklenburger Land gab es kein anderes Gesprächsthema mehr. Die ersten Gerüchte tauchten auf und bald waren sich viele sicher, dass Johann Dolle mit Absicht gequält worden wäre. Die einen behaupteten, es läge daran, dass der Hingerichtete ehemals katholisch gewesen und erst in der Haft zum reformierten Glauben übergetreten wäre. Andere sagten dem Scharfrichter nach, er wäre von Juden bestochen worden. Der Lagerassistent Meese wollte gar ein verdächtiges Gespräch des Scharfrichters mit einem Juden in Ambergs Gasthaus mitbekommen haben. Besonders empört waren die Bürger, als es hieß, Franz Eschmeyer hätte das Drama mit den Worten abgetan, er hätte dem Dolle nicht die Seele aus dem Hintern treiben können. Bald wusste niemand mehr, was davon der Fantasie entsprungen war.

Nacheinander wurden sämtliche Zeugen verhört und dem Regierungssekretär Mettingh sowie dem König alle Details genannt. Kemmerichs eindrucksvolle Schilderungen gingen den Menschen unter die Haut. Amtsdiener Erforth konnte die Aussagen bestätigen und wusste außerdem, dass Dolle bereits tot war, als die Henkersknechte mit Henrich endlich auf dem Platz erschienen waren. Alle noch anwesenden Leute waren danach nach Hause gegangen.

Scharfrichter Zippel zu Osnabrück wurde Mitte Dezember 1785 durch den Vizedirektor Gruner und den Kanzleisekretär Vezin in Osnabrück verhört. Er beschrieb, wie das Seil falsch gehandhabt und das Rad unsachgemäß bedient worden war.

„Wie sollte denn der Dolle sterben, wenn die Bruststöße nicht richtig ausgeführt wurden? Zwei Personen, das ist falsch! Nur einer hätte das Rad führen müssen!"

Gruner hörte interessiert zu und wollte es dann genau wissen.

„Zwei Personen haben mehr Kraft ..."

Zippel unterbrach ihn erregt.

„Der Alte ist doch viel größer als sein Sohn! Dadurch waren die Stöße unregelmäßig!"

Er kratzte sich hinter den Ohren.

„Das Rädern ist für unsereins eine Zumutung. Ich lasse das immer meine Halbmeister tun."

„Das ist nicht erwünscht. Und wenn doch, dann nur unter Aufsicht!"

Zippel ging nicht darauf ein.

„Das Eisen am Rad war auch viel zu schwach und es gab keinen Gnadenstoß ins Genick!"

„Wie ist denn das Verhältnis zueinander?"

Er überlegte kurz, verzog das Gesicht und bemühte sich, nichts Falsches zu sagen.

„Eschmeyer, nun ja, er ist weder Freund, noch Feind."
Gruner wandte sich jetzt Sparenberg zu.

„Wie steht es bei euch? Befreundet, verfeindet, verwandt?"

„Nun, mein Großvater ..."

Er dachte angestrengt nach.

„Mein Großvater war der Bruder von Eschmeyers Mutter."

Der Vizedirektor nickte ihm aufmunternd zu, damit er fortfahre.

„Die Hinrichtung hat nicht so stattgefunden, wie es sich gehört. Als der Dolle auf dem Rad saß, bestimmt schon eine Dreiviertelstunde, da hat er noch eine Hand bewegt."

Die Aussagen der beiden stimmten überein und man

war gespannt, wie der geladene Justizkommissarius Krummacher den Fall beurteilen würde.

Dieser berief sich auf Zeugenaussagen der Henker von Schüttorf und Rheine sowie der beteiligten Knechte.

„Die Hinrichtung wurde eindeutig nach Lingenschem, Bentheimschem und Münsterschem Gebrauch richtig vollzogen. Der Sparenberg ist doch abhängig von Zippel."

Er holte tief Luft.

„Und der Zippel ist ein böser Mensch, der doch nur darauf aus ist, die Abdeckereien im Tecklenburgischen für seinen Sohn zu gewinnen."

„Wie kommt Ihr darauf?"

„Das weiß ich durch eine Anfrage beim Regierungssekretär Mettingh. Außerdem ist das eine allgemein bekannte Tatsache. Ich fordere, dass der Eschmeyer straffrei ausgeht! Der Zippel hat ihn bewusst konfus gemacht!"

Franz Eschmeyer und sein Sohn fühlten sich ebenfalls unschuldig und waren sich sicher, den Dolle zu Beginn erdrosselt zu haben. Lediglich wegen des Rades äußerten sie Bedenken.

„Es ist aus grünem Holz gemacht worden und wegen der Verschiebung des Termins eingetrocknet und vielleicht zu leicht gewesen."

Der Henker wurde rot vor Zorn, als er von Zippels Bemühungen, ihn zu verunsichern, berichtete.

„Ständig hat er meinem Knecht falsche Anweisungen gegeben! Aber der Dolle war wirklich tot! Der war doch ganz schwarz im Gesicht und hat von den Stößen nichts mehr gespürt!"

„Wieso ist er denn eurer Meinung nach wieder zum Leben gekommen?"

„Wir haben nicht gesehen, dass Blut aus Mund und Nase gelaufen ist. Aber das ist auch gar nicht notwendig. Wir haben das bei keiner Exekution erlebt. Aber die Brust hat ordentlich geknapst, auch die Knochen an Armen und Beinen!"

Der Alte schüttelte ungläubig den Kopf, als man ihn mit der Tatsache konfrontierte, dass ein Arm und das linke Bein nicht gebrochen gewesen waren.

„Aber gewiss zersplittert! Und den Gnadenstoß haben wir nicht erteilt, weil das nicht Lingenscher Brauch ist!"

Er senkte beschämt den Kopf, als er von den Aussagen verschiedener Geistlicher hörte, der Nagel sei nur von hinten schräg durch den Kopf geschlagen worden und nicht durch das Gehirn gegangen. Kleinlaut gaben die Beschuldigten zu Protokoll, dass das Geschehene ein bedauernswerter Zufall oder ein Wunder des Allmächtigen wäre.

„Wir bezeugen vor Gott, dass wir es nicht aus Vorsatz getan haben. Bitte verzeiht uns und nehmt uns nicht unser Privileg! Uns bleibt doch sonst nichts außer dem Bettelstab."

Alles hing nun vom Wohlwollen des Richters ab. Franz Eschmeyer hatte sich noch nie so hilflos und demütig gefühlt.

Am 25. Juni 1787 erging durch Verfügung des Königs Friedrich Wilhelm nach langer Wartezeit das Urteil. Sämtliche Exekutionen wurden ihm fortan untersagt und die Untersuchungskosten bürdete man ihm ebenfalls auf. Viel heftiger traf ihn jedoch die Verurteilung zu zweijähriger Festungshaft in Wesel.

15

Es war ein schwerer Gang für den ehemaligen Scharfrichter. Zum letzten Mal suchte er die Abdecker am Filler Klee und an den Bruchwiesen auf, die gerade Rinderhäute wässerten, salzten und trockneten.

Er spürte die mitleidigen Blicke, aber er sah auch, dass darin noch etwas anderes mitschwang: Verachtung. Sein Verteidiger hatte ihm von vornherein wenig Hoffnung gemacht, aber das Urteil traf ihn doch bis ins Mark. Nichts Gutes war ihm aus Wesel zu Ohren gekommen. Er strich geistesabwesend über seinen Rock. Seine Kleidung aus hochwertigen Tuchen, die er all die Jahre mit Stolz getragen hatte, würde er am Abend eintauschen müssen. Henrich sollte sich um die Fillereien kümmern. Er wurde ja zum Glück freigesprochen.

„Macht´s gut, Männer! Ich werde derweil in Sack und Asche Buße tun. Hab so etwas läuten hören."

Mit leerem Blick und aschfahl im Gesicht wandte er sich zum Gehen. In Wechte warteten bereits mit hämischem Grinsen der Pedell Erforth und Franz Engeln, um ihn in Ketten zu legen und in die Arrestzelle auf der Tecklenburg zu bringen. Dort wurde ihm am 17. Juli das Urteil offiziell verkündigt.

Die Ruine des ehemaligen Schiffsturms, zwischen erstem und zweitem Burghof gelegen, war ein fünfeckiger

Bau mit starken Mauern. Franz fürchtete sich entsetzlich davor, im erhaltenen Untergeschoss eingesperrt zu sein. Womöglich befand er sich in Dolles Zelle, denn er glaubte, dessen Todesangst im Raum zu spüren. Der Wärter versuchte, ihn zu beruhigen.

„Na komm, Eschmeyer, eine Nacht wirst du schon auf dem Burgberg überstehen. So mancher musste bis an sein Lebensende hier ausharren. Es ist auch ruhig in der Nacht, denn momentan sind nebenan, im Kornspeicher, keine Irren untergebracht."

Der Scharfrichter blickte ihn entgeistert an, bevor sich die Zellentüre mit lautem Getöse wieder schloss.

Erforth und Engeln erschienen beim ersten Hahnenschrei mit ihrer Mannschaft, um ihn unverzüglich nach Wesel zu überführen. Franz hatte in der Nacht kein Auge zugetan und so lag er während des Transports voller Gram, zwischen Schlafen und Wachen, auf dem harten Boden des hölzernen Gefährts.

Er, der stolze Vertreter seines Berufsstandes, wurde mit Schimpf und Schande aus der Stadt gebracht. Er schloss müde die schweren Lider.

Zuerst hatte er die Erscheinungen gar nicht wahrgenommen, aber dann wurden es immer mehr. Hinter den Fenstern sah er sie als Schatten, hinter Büschen und Bäumen als huschende Gestalten. Er rieb sich verwundert die Augen, weil die tiefstehende Sonne ihn blendete. Plötzlich hörte er Stimmengewirr, bis er das Gefühl hatte, ein teuflischer Chor setze ein. Er hielt sich die Ohren zu, während er hilfesuchend in die Richtung blickte, aus der sie gekommen waren.

Das Tecklenburger Land war längst seinen Blicken entschwunden. Und doch hatte er das Gefühl, dass Anna Marias Augen auf ihm ruhten.

Der Chor schwoll wieder an und die Stimmen peitschten auf ihn ein. Er wollte schreien, doch kein Laut kam aus seinem Mund. Ihm war, als träumte er, denn vorne auf dem Kutschbock nahm keiner Notiz von ihm. Auch seine Wärter blickten desinteressiert zur Seite. Entsetzt sah er die Gesichter von Vater Dolle und dessen Frau, die gramgebeugt neben ihm stand. Der von seiner schweren Krankheit gezeichnete Oberförster streckte die Hände gen Himmel, als wolle er seinen Sohn zurückholen. Im nächsten Augenblick erschien ihm Johann mit seinen merkwürdig verdrehten, zerschlagenen Gliedern. Sein Gesicht war blutrot und leere Augenhöhlen schienen ihn zu verschlingen. Gleichzeitig tauchten tausende von Teufeln mit hässlichen Fratzen auf und schrien mit verzerrten Stimmen auf ihn ein. Ein Martyrium, das über Stunden anhielt.

„Verflucht sollst du sein, Franz Eschmeyer! Verflucht auch deine Nachkommen! Zehn derer, die deinen Namen tragen, sollen sterben! Durch deine Schuld, vergiss das nie! Büße, büße! Und doch kannst du es nicht abwenden ...“

Der alte Scharfrichter schlug wie wild um sich, mit rasendem Puls und weit aufgerissenen Augen. Er kam erst wieder zu sich, als seine Wärter ihn packten und schüttelten.

„Habt ihr das gesehen? Die Teufel mit den gebogenen Hörnern?“

Die beiden blickten sich irritiert an.

„Beruhige dich, Eschmeyer, wir sind gleich da!"

„Aber ihr müsst sie doch gesehen haben. Sie waren überall!"

„Dummes Geschwätz! Lass das nicht die Aufseher hören, sonst sperren sie dich gleich ins Irrenhaus."

Franz Eschmeyer kauerte sich auf den Boden. Das konnte nur ein böser Traum gewesen sein. Er wollte sich mit den flachen Händen ins Gesicht schlagen, um vollends wach zu werden, aber die Ketten hinderten ihn daran. Wie hochmütig war er gewesen, zu glauben, er wäre der Praxis des Räderns gewachsen gewesen. Zum ersten Mal empfand er tiefe Reue und Mitgefühl. Lag der Fluch nun auch auf seinen Kindern und Kindeskindern? Zehn werden sterben … War damit auch seine Frau Anna Maria gemeint?

Fortan quälte ihn diese Bürde und immer wieder fragte er sich, ob ihn der Teufel persönlich heimgesucht hatte.

16

Weihnachten anno 1788 erhielt der ehemalige Scharfrichter von Tecklenburg seltenen Besuch auf der Festung Wesel. Joes und seine Geschwister Bernhard, Johann und Henrich erschraken beim Anblick des Vaters. Tiefe Schatten lagen unter seinen Augen, die müde und abwesend wirkten.

„Wie geht es eurer Mutter?", war dessen erste Frage. Henrich blickte sich nach den anderen um und lächelte schwach.

„Sie ist froh, wenn du im nächsten Sommer wieder daheim bist."

„Kommst du mit den Halbmeistern zurecht?"

„Lass uns von etwas Erfreulicherem reden. Du kennst doch das alte Lied. Erst unterbieten sich die Knechte, wenn es um ihren Lohn geht, damit sie eine Anstellung bekommen und dann stehlen sie Felle oder schließen sich gar Banden an."

Franz Eschmeyer seufzte matt.

„Mutter hat sich eingesetzt, weil Albert gestorben ist. Er bekam einen Armensarg, aber wir haben etwas zu den Begräbnisgebühren beigesteuert. Seine Witwe plagt so manches Zipperlein, jetzt hat sie sich ganz der Quacksalberei verschrieben."

„Ein guter Knecht, war immer zuverlässig. Wirklich schade um ihn."

„Zu Martini haben Mutter und ich einen neuen Knecht eingestellt. Das halbe Bett ist ja wieder frei geworden. Er hat mir letzte Woche bei Reparaturen am Haus geholfen. Ich hab ihm die anfallenden Späne zur Winterbefeuerung überlassen."

„Gut so, Sohn! Sag, glaubst du daran, dass man einen Menschen verfluchen kann?"

Franz Eschmeyer blickte angstvoll zuerst Joes und dann seine anderen Söhne an, die verwundert den Kopf schüttelten.

„Willst du den Zippel verfluchen?"

Der Alte lächelte bitter, aber er schwieg.

Johann stieß seinem Bruder heftig den Ellbogen in die Seite.

„Na los, Joes, erzähl Vater schon die Neuigkeiten!"

„Ja, genau! Deswegen sind wir vor allem gekommen! Der Zippel ist am 13. November gestorben. Der war ja immer in Geldnöten. Ich hab gehört, dass schon vor sechs Jahren ein Konkursverfahren gegen ihn eröffnet wurde. Die Leute reden viel, aber es wird schon stimmen, dass man ihm alles genommen hat. Jetzt sitzt seine Frau da mit fünf minderjährigen Kindern. Für den Ältesten hat die Stadt Osnabrück die Schulgebühren übernommen."

„Sein Haus in Syke wurde schon vor langer Zeit verkauft", warf Bernhard ein und Johann fiel ihm ins Wort:

„Den Garten in Onabrück hat man ihm auch vor Jahren schon weggenommen. Jetzt kommt alles ans Licht!"

Joes lachte laut auf, als er über die späte Genugtuung berichtete.

„Als man in Diepholz und Syke mit den Einnahmen der Halbmeistereien seine Schulden begleichen wollte, hat sich herausgestellt, dass er sich die Pacht schon auf Jahre hat auszahlen lassen!"

„Ein übler Bursche, ich wusste es immer schon!"

Für einen Moment hellte sich das Gesicht des Alten auf, als er einwarf:

„Gottes Mühlen mahlen langsam, aber gerecht."

Noch ehe er sich dessen bewusst wurde, was er gesagt hatte, verfinsterte sich seine Miene wieder. Seine Seele war verflucht. War das Gottes Gerechtigkeit? Leise und kaum hörbar fügte er hinzu:

„Lasst mich jetzt wieder alleine. Ich muss nachdenken. Grüßt eure Schwestern und Mutter von mir."

Nachdem alle gegangen waren, saß er noch lange unbeweglich da. Er war ein Mensch mit Fehlern und Schwächen, hochmütig und stolz, das war ihm bewusst. Aber die Festungshaft in Wesel war doch

Strafe genug, dachte er voller Selbstmitleid. Erst als seine Wärter ihn ungeduldig mahnten, mitzukommen, vernahmen sie sein Flüstern und sie starrten ihn verständnislos an:

"WER UNTER EUCH OHNE SÜNDE IST,

DER WERFE DEN ERSTEN STEIN"

KAPITEL III

SPURENSUCHE

Recherchieren ist spannend, vor allem, wenn man in frühere Lebenswelten abtaucht. Für alle, die mehr über die Hintergründe der geschilderten Ereignisse wissen möchten, habe ich diesen Anhang geschrieben.

Die Namen der Hauptpersonen

Es war früher üblich, mehrere Vornamen zu verwenden und oft wurde der zweite Vorname zum Rufnamen. Um Verwechslungen vorzubeugen, habe ich im II. Teil, dem historischen Roman, den hier jeweils fettgedruckten Namen verwendet:
Franz Henrich Eschmeyer (in der Fachliteratur auch als Franz bezeichnet), **Anna Maria** Margaretha Eschmeyer (geb. Carel), Johann **Henrich** Gerhard Eschmeyer, Johann Henrich Friedrich Eschmeyer (genannt **Joes**), Anna Maria **Adelheit** Soostmeyer, Johann Franz Hinrich (genannt **Jürgen**) Eschmeyer, Johann Berent (**Bernhard**) Eschmeyer, **Johann** Henrich Dolle, Johann **Conrad** Zippel

Eine Familiengeschichte

Unmittelbar nach dem Mord lieh Johann Dolle sich eine Schaufel, das wurde ihm zum Verhängnis. In der Familie Schoppenkämper erzählte man sich von Generation zu Generation die Ereignisse aus alter Zeit: Werner Schoppenkämper (verstorben 2009) wurde früh Halbwaise. Sein Großvater Heinrich, Jahrgang 1867, hatte ihm oft von dem Mord am Ledder Mühlenweg erzählt und den Tatort gezeigt.
Dieser kannte die Geschichte von seinem Vater, dem Kötter Johann Heinrich Menebröker, Schoppenkämper genannt.
Dessen Großvater wiederum, der Kötter Gerhard Wilhelm Menebröker-Schoppenkämper war besagter

„Mutert zu Habichtswalde", der die Schaufel verliehen hatte und misstrauisch geworden war.

Im Volksmund ist von einem entsprechenden Dokument aus der damaligen Zeit die Rede, es ist jedoch in der Familie nicht mehr auffindbar.

Ein Brief aus dem Jahre 1826

Am 14. Mai 1826 schrieb Ernst Bernhard Christian Richter, der damalige Bürgermeister von Lengerich, eine „Chronik der Merkwürdigkeiten" an den Hochwohlgeborenen Geheimrat Mauve zu Ibbenbüren. Hierin beschrieb er u. a. die missglückte Hinrichtung, vollzogen zwischen Intruper und Niederlengericher Mark. Er bezeichnete sich selbst als Augenzeuge und erwähnte die deutlichen Lebenszeichen des Johann Dolle noch zwischen 5 und 6 Uhr desselben Tages.

Interessant ist in diesem Zusammenhang, dass der Prediger Kriege dem Bürgermeister persönlich von den Ahnungen und dem schrecklichen Traum des Delinquenten in der vorletzten Nacht seines Lebens berichtete. Am Abend vor der Hinrichtung hatte Dolle dem Geistlichen seine Ängste anvertraut.

Der Originalbrief mit diesen Angaben befindet sich im Landesarchiv Nordrhein-Westfalen in Münster.

Persönliches über die Protagonisten

Während es zahlreiche Hinweise auf die Mitglieder der Familie Eschmeyer gibt, ist über manche Personen kaum etwas bekannt. So gibt es nur den Vermerk, dass Marcus Moses aus Fechte (Wechte) stammte und ein jüdischer Geldverleiher war.

Auf dem Jüdischen Friedhof in Lengerich befindet sich u.a. ein Grabstein (siehe Seite 226), dessen noch lesbare Inschrift lautet:
„b. Mosche, gest. Aug. 1784"
Die Abkürzung bedeutet „ben Mosche = Sohn von Moses" und es ist sehr wahrscheinlich, dass es sich hier um das Grab von Marcus Moses handelt.
Weitere Quellen zu Spuren jüdischen Lebens mit ihren strengen Vorschriften und Einschränkungen finden Sie im Stadtarchiv Lengerich (s. auch Literaturhinweise). Erst im Zuge der preußischen Reform erging im Jahre 1812 das sogenannte Judenedikt. Diese neue Gesetzgebung sah u. a. vor, die preußischen Juden zu „gleichberechtigten" Bürgern zu machen. Sie waren jedoch verpflichtet, einen Nachnamen anzunehmen. Wer sich weigerte, bekam oftmals einen Namen durch die Behörde aufgezwungen (z. B. nach Örtlichkeit oder eine diskriminierende Bezeichnung).

Johann Henrich Dolle stammte aus dem Lingischen, diese Bezeichnung umfasste damals die gesamte Obergrafschaft Lingen.
Immer wieder ist in alten Schriften davon die Rede, dass er zum reformierten Glauben übergetreten sei,

während er sich in Haft befand. Da sein Vater zwar im Lingischen noch katholisch war, bei seinem Tod jedoch auch zur reformierten Gemeinde gehörte, vermute ich, dass die gesamte Familie bereits bei der Versetzung ins Tecklenburgische konvertierte und es sich hier um ein Gerücht handelt. Mehrfach belegt ist jedoch, dass Johann ein gläubiger Mensch war.

Pastoren (reformiert) aus der damaligen Zeit waren:

Tecklenburg
1. Stelle Arnold Friedrich Essenbrügge von 1763 – 1799
2. Stelle Arnold Kriege von 1777 – 1800 (A. Kriege war gleichzeitig Rektor der Lateinschule)
3. Stelle Diedrich Wilhelm Meese 1777 – 1817

Ledde
Friedrich Heinrich Mische 1779 – 1808

Lengerich
1. Stelle Rudolf Smend 1768 – 1819
2. Stelle Arnold Kriege (Namensvetter) 1769 – 1801

Im Volksmund wird hin und wieder davon gesprochen, dass Dolle sich das Geld geliehen hatte, um eine Kuh zu kaufen. Tatsächlich gibt es aber mehrere Hinweise, dass er das Geld brauchte, um ein von ihm geschwängertes Mädchen auszuzahlen.
Johann Dolle starb 20jährig am 21. Oktober 1785. Da man den Leichnam auf dem Rad beließ, bis er herunterfiel, gab es kein Begräbnis.

Diese Vorgehensweise diente allgemein als Abschre-
ckung.

In den Kirchenbüchern ist der Tod seines Vaters 1786
verzeichnet. Hier der Wortlaut:

41) den 24 Decbr starb der Königl. Förster C. Henrich
Dolle an der Auszehrung und ward den 28ten begraben
alt 64 Jahr.

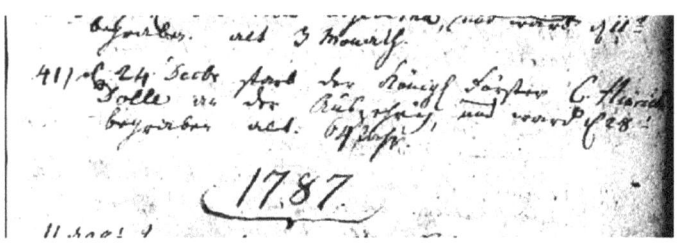

Johann Conrad Zippel wurde am 25. Februar 1741 in
Syke geboren und heiratete 1765 in Königslutter seine
Cousine Anna Maria Sophia Matthias (Scharfrichter-
Familie).
Sein Onkel, Scharfrichter Ernst August Matthias,
nahm ihn in den Jahren 1764 – 1780 oft zu Hinrich-
tungen mit, wo er assistieren durfte. Er war bereits
seit 5 Jahren Scharfrichter von Osnabrück, wo er zur
Kirchengemeinde St. Katharinen gehörte, als er im
Oktober 1785 auf dem Lengericher Galgenknapp er-
schien und durch sein belehrendes Auftreten wesent-
lich dazu beitrug, Franz Eschmeyer zu irritieren. Als
er am 13. November 1788, im Alter von 47 Jahren, in
Osnabrück starb, war er immer noch verschuldet. Seine
Schwester war als erfolgreiche Heilerin bekannt.

Um 1616/17 wird ein Lambert Eschmeyer als Schinder zu Wechte bezeichnet. Er soll den Bruder seiner Frau erschlagen haben.

Ihm folgt Meister Henrich, ebenfalls Abdecker.

Sein Sohn Wilhelm wurde 1680, nach dem Tod des Osnabrücker Scharfrichters Henrich Sparenberg, der 1. Scharfrichter von Tecklenburg. 1667 hatte er Catharina Klare (Scharfrichter-Familie) geheiratet. Eine alte Ofenplatte aus dem Jahre 1695 (siehe Seite 174), stammt wahrscheinlich aus ihrem „Haus mit Viehstall". Als Wilhelm Eschmeyer 1695 starb, war sein Sohn Hans Henrich erst 12 Jahre alt, hätte aber seine Nachfolge antreten können. Er wurde jedoch von seiner Stiefmutter und deren neuem Mann abgefunden und später Halbmeister in Thuine.

Ab 1696 hatte Jobst Henrich Stahlhauer das Amt inne. In den ersten Jahren seiner Bestallung (1696 bis 1732) baute er ein neues Haus auf einem vom Grafen geschenkten Stück Land in Wechte (siehe Foto Seite 229). Nach seinem Tod bat seine Witwe um Übertragung auf ihren Sohn Friedrich Bernhard Stahlhauer, den Vetter von Franz Eschmeyer. Nach nur 4 Jahren Ehe starb Bernhard 1762, seine Witwe Anna Maria Knoop ging als Magd nach Osnabrück.

Nach Bernhards Tod war für 2 Jahre der Osnabrücker Scharfrichter zuständig, bevor Franz Eschmeyer, ehemals Halbmeister in Mettingen, 1764 sein Privilegium erhielt. Franz und sein Bruder und Mitbewerber Nicolaus waren Söhne des Halbmeisters Hans Henrich Esmeyer und dessen Frau Maria Elisabeth Sparenberg aus Thuine.

Franz Eschmeyer wurde am 7. April 1720 in Thuine getauft.

Bei der Beschäftigung mit den Scharfrichter-Dynastien fallen unterschiedliche Schreibweisen auf. In diesem Falle finden wir auch Esman, Eschmeier, Essmeyer, Esmeier, Eßmeyer usw.; alle gehören jedoch zu einer Familie.

Im 18. Jahrhundert, in der preußischen Zeit, gelang der Familie des Franz Eschmeyer der Aufstieg vom Schinder zum Scharfrichter. Entscheidend war, dass er nachweisen konnte, dass stets seine Knechte diese niederen Arbeiten ausgeführt hatten.

In Kirchenbüchern wurde er auch als Tierarzt bezeichnet, da er sich durch seine vorherige Tätigkeit mit Viehkrankheiten auskannte – wie viele seiner Kollegen. Diese Kenntnisse erhielten aufgrund immer wiederkehrender Viehseuchen eine große Bedeutung.

Er lebte mit seiner Familie bis 1766 in Mettingen und zog danach in das Scharfrichterhaus nach Wechte.

Franz Heinrich Eschmeyer und Anna Maria Margaretha Carel (Cadel) heirateten am 18. September 1743 evangelisch in Mettingen.

Zuvor hatten sie am 5. Juli 1743 ihr Aufgebot in Sendenhorst (Geburtsort der Braut) katholisch angezeigt.

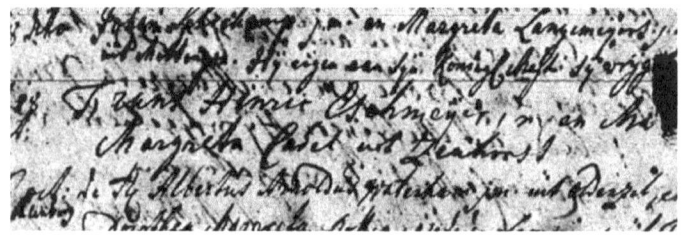

Sie bekamen elf Kinder. Folgende wurden in Mettingen evangelisch getauft:

27. Sept. 1744	Maria Catharina
19. Okt. 1745	Anna Margareta Gerdruit
20. Jan. 1748	Johann Hinric Nicolaus
5. April 1750	Clara Maria Margareta
21. März 1752	Johan Frans Hinric (genannt Jürgen, siehe Seite 170, Scharfrichter in Rietberg)
19. Mai 1754	Johan Berent (Bernhard)
11. Mai 1757	Johan Hinrik Friderig (Joes)
20. Okt. 1759	Johan Hinrik Gerhard (Henrich, letzter Scharfrichter von Tecklenburg)
5. April 1762	Franz Jürgen Henric
2. Jan. 1766	Anna Maria Clara

Am 11. Mai 1756 wurde ein weiteres Kind geboren, das gleich nach der Geburt verstarb. Einem Kind, bis 12 Uhr mittags geboren, spendete man in der Regel noch am selben Tag das Sakrament der Taufe, ansonsten am nächsten Tag. Die Tochter Clara Maria Margareta starb bereits im Alter von acht Jahren. Das „Soontjen" Franz Jürgen Henrich wurde nur 12 Wochen alt. Auf die Söhne Joes, Jürgen und Henrich werde ich noch eingehen.

Zahlreiche Ereignisse aus dem bewegten Leben des Franz Eschmeyer sind bereits im Buch aufgeführt. Eine Begebenheit möchte ich hier aber wiedergeben: Als der ältere Bruder von Franz, der Scharfrichter

Nicolaus Esselmeyer, 1797 in Rheine starb, übernahm dessen Sohn Bernard Henrich sein Amt. Vorher hielt er sich zum Studium in Jena auf, legte vor dem Collegium Medicum in Münster sein Examen ab und praktizierte als Chirurg in Rheine. 1807 bestellte man ihn zu einer Hinrichtung nach Meppen (siehe Goose Sienken in „Hexenschwert"/Anhang). Er äußerte sich dem Boten gegenüber folgendermaßen:

„Wenn meine eigenen Kräfte es nicht zulassen, so werde ich es einen meiner Leute (Knechte) tun lassen." Da er nicht, wie vereinbart, erschien, sondern den Scharfrichter von Münster schickte, spielte vermutlich die missglückte Hinrichtung durch seinen Onkel Franz eine Rolle.

Es ist wahrscheinlich, dass er nie ein Todesurteil vollstreckt hat. Bei der Heirat seines Sohnes 1819 wird er nicht mehr als Carnifex, sondern wieder als „Chirurg in der Stadt" (Rheine) bezeichnet.

Franz Eschmeyer starb am 17. Mai 1796 im Alter von 76 Jahren in Mettingen an der Schwindsucht.

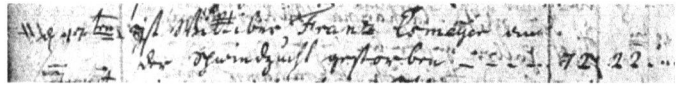

Seine Frau Anna Maria Margaretha Carel (auch Cadel) war bereits am 20. Mai 1791 verstorben.

Sein Sohn Johann Henrich Gerhard (Henrich, geb. 20. Okt. 1759) hielt sich von seinem 19. bis zum 25. Lebensjahr zum Erlernen des Scharfrichterhandwerks in Münster und Rietberg auf. Danach, um 1784, stand er wieder bei seinem Vater als Gehilfe in Diensten.

Die Ehe mit Anna Cathrina Leifhelm aus Vlotho wurde am 22. Juli 1781 in Mettingen geschlossen.

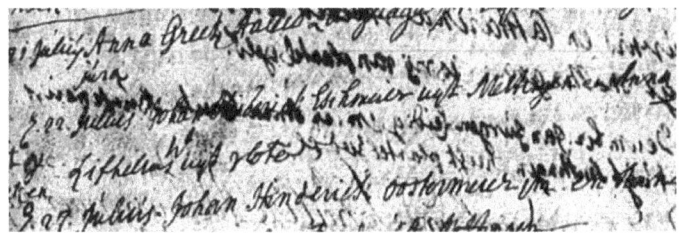

Zwischen 1782 und 1804 ließen sie ihre acht Kinder in Lengerich taufen.

Die bereits erwähnte Ofenplatte von 1695 befand sich im Scharfrichterhaus in Wechte über der Öffnung zum Befeuern, wie sich die jetzigen Bewohner, das Ehepaar Manecke, erinnert. Rechts und links von der Öffnung waren die Buchstaben JHEM und ACLM für die Namen Johann Henrich Esmeier (Eschmeyer) und Anna Cathrina Leifem (Leifhelm) angebracht. Das bestätigt Hinweise, dass die Eltern Franz und Anna Maria (nach der Haftentlassung 1789?) verzogen sind (nach Dörenthe, wie der Volksmund sagt oder nach Mettingen, wo Franz 1796 starb). Im Jahre 1790 wurde die Scharfrichterei auf den Sohn Henrich übertragen.

Mit dem Abbruch des Hauses gingen die Schriftzeichen verloren. Ein alter Balken, vermutlich aus dem Jahre 1816, wurde jedoch wieder eingebaut. Die Inschrift lautet: Der Herr behüte dich vor allem Uebel, er behüte deine Seele. Der Herr behüte deinen Ausgang und Eingang von nun an bis in Ewigkeit.

Henrich Eschmeyer stand seinem Vater nachweislich bei Hinrichtungen zur Seite, so auch am 21. Oktober 1785 auf dem Galgenknapp in Lengerich.

Da er freigesprochen wurde, kümmerte er sich während der Haft des Vaters um die verpachteten Abdeckereien.

Der Abdecker am Fillerklee war etwa zwei Kilometer vom Scharfrichterhaus entfernt. Später befand sich die Abdeckerei in unmittelbarer Nachbarschaft.

Reinhold Aufderhaar (78) aus Wechte schilderte mir während der Recherchen, wie er als Junge beim Kartoffelsuchen immer noch Tierknochen fand (siehe Foto Seite 229).

Um 1798 lebte Henrich u.a. von der „vorsichtigen Bewirtschaftung der ihm eigentümlich zustehenden Grundstücke", wie im Staatsarchiv Münster belegt ist. Das Wechter Feuerversicherungsregister von 1790 – 1799 führt ihn unter der Nummer 13 folgendermaßen auf (mit Wertangabe der Gebäude):

Eschmeyer, Wechte (Scharfrichter), Feuertaxe 1 Wohnhaus 7 Fach 150 Taler, 1 Heuerhaus 3 Fach 25 Taler.

Dessen älterer Bruder Johan Frans Hinric (auch kath. getauft: Franciscus Georgius Henricus, genannt Jürgen) Eschmeyer, geb. am 21. März 1752, wurde in Mettingen als Halbmeister, Fellhändler und Heuermann bezeichnet, bevor man ihn zum Scharfrichter von Rietberg ernannte. Er starb bereits am 23. Februar 1784.

Joes (Johann Henrich Friedrich) Eschmeyer wurde am 11. Mai 1757 in Mettingen geboren. Er heiratete am 10. Januar 1777 Adelheit (Maria Aeleid, geb. am 2. April 1759) Soostmeyer und damit in das Bauerntum ein.

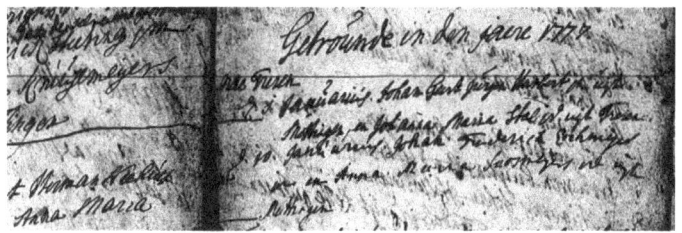

Unter diesem Datum sind die Eheleute im evangelischen Kirchenbuch als „Getrouwde" aufgeführt. Es ist jedoch möglich, dass es sich hier um ein Aufgebot handelte, denn im katholischen Kirchenbuch wird der 28. Januar 1777 als Tag der Eheschließung genannt. Der Soostmeyerhof befand sich in Mettingen laut Horst Soostmeyer (siehe Seite 228), in der Clemensstraße. Wie er berichtete, waren die Familien Telsemeyer und Soostmeyer Nachbarn und hatten dieselbe Anspanne für ihre Pferde.

Joes nahm den Namen des Hofes an. Ihre Eltern waren Johan Berent und Maria Aeleid Soostmeyer. Es ist erstaunlich, dass sie als älteste Tochter den Hof erbte (und nicht der jüngste Sohn) und Joes als Scharfrichtersohn eine Hoferbin heiratete.
Er starb am 9. September 1828 in Mettingen an hitzigem Fieber (Typhus) und wurde drei Tage später beigesetzt. Adelheit starb am 13. Januar 1835. Sie hatten gemeinsam zehn Kinder.

Der damalige König war kein Geringerer als Friedrich
II., auch der Große bzw. der Alte Fritz genannt (24.
Januar 1712 - 17. August 1786).

Der Alte Fritz: Friedrich II. im Alter von 68 Jahren
Gemälde von Anton Graff, 1781

Abb. rechte Seite: Urkataster der Stadt Lengerich /
Ausschnitt der nördlichen Mitte aus dem Jahre 1829
(im Original koloriert)

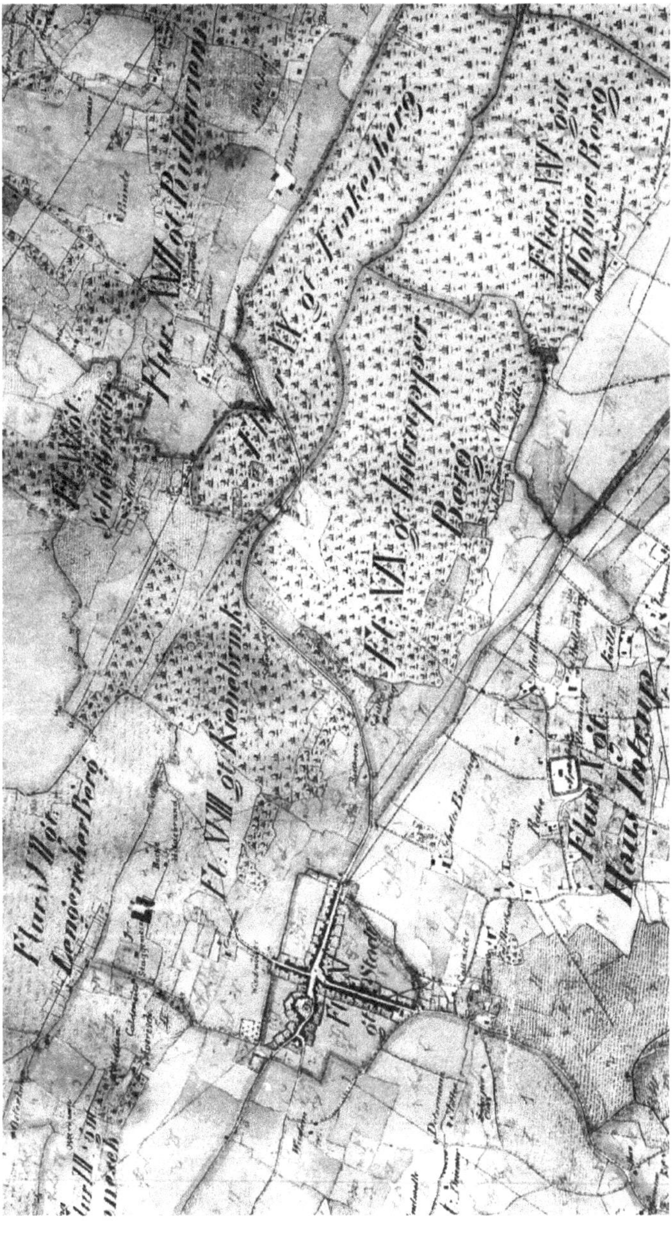
Flur I ot. Lengericher Berg
Fl. VIII ot. Kronebrink
Fl. VI ot. Intrupper Berg
Flur X ot. Haus Intrup

Die Ofenplatte aus dem Scharfrichterhaus und die Schinderei in Thuine

Aus dem Jahre 1695 stammt eine alte Ofenplatte, die bis zu seinem Abriss 1960 im ehemaligen Scharfrichterhause hing. Neben dem „Salomonischen Urteil" im unteren Teil sind im oberen Teil 3 Löwen abgebildet: In der Mitte der „Nederlandse Leeuw" im „Nederlandse Tuin" (der niederländische Löwe im niederländischen Garten), umgeben von einem Gartenzaun als

Symbol für den Abwehrkampf der Niederländer gegen die Spanier im Achtzigjährigen Krieg (1568 - 1648). Der rechte Löwe über dem Wasser stellt das Wappen der niederländischen Provinz Zeeland dar, der linke Löwe wiederum das Wappen der Provinz Holland.

Eine fast identische Platte mit der Jahreszahl 1715 befand sich früher in einem alten Kaufmannshaus in Freren. Franz Eschmeyer wurde in der Nähe, in Thuine, geboren, wo sein Vater Halbmeister war. Dessen Abdeckerei lag auf halber Strecke, zwischen Thuine und Langen, auf freiem Feld, in der Mitte der Obergrafschaft Lingen (siehe unten). Ofenplatten wurden in den Regionen Eifel, Siegerland, Sauerland und Harz hergestellt, dort, wo Eisen produziert wurde. In der Heimat der Oranier, dem Siegerland, wurden besonders gerne niederländische Motive für den Export in die Niederlande produziert. Im grenznahen Deutschland waren sie ebenfalls sehr beliebt.

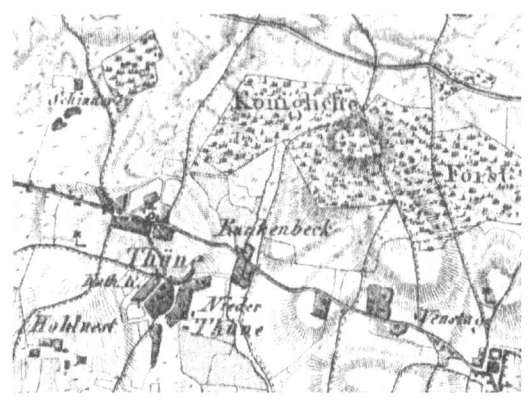

Die Familien Eschmeyer und Soostmeyer
in Mettingen

Die Halbmeisterei des Franz Eschmeyer in Mettingen gehörte zur Obergrafschaft Lingen und wurde, wie auch die Halbmeisterei seines Vaters in Thuine, vom Lingener Scharfrichter verpachtet. In alten Schriften befinden sich verschiedene Hinweise auf seine Person und auf weitere Träger dieses Namens in Mettingen (in den üblichen unterschiedlichen Schreibweisen). 1613 gehörte zur Westerbauer-Gemarkung ein Franz Eßmeyer, Nierenborg, mit 2 Morgen, 41 Quadratruten Land. In der Osterbauerschaft wurde er zeitgleich mit „gutsherrlich, freie Neubauerei, 2 Morgen, 13 Quadratruten" aufgeführt. 1777 legte man den ersten Stein für den Bau der katholischen Kirche in Mettingen. Zuvor wurden Spenden gesammelt, die der Zeitgenosse H. Verdelmann in einer Liste festhielt. Unter den Spendern war auch Franz Heinrich Eßmeyer. Und im Jahre 1820 heißt es: Franz Eßmeyer, Nierenborg, Pferdehändler.

Als „Fastabend" wurde eine nachbarschaftliche Gemeinschaft bezeichnet, deren Rechte und Pflichten man in einer Satzung aufführte. 1858 gehörte ein Clemens Esmeyer in Unter-Nierenburg dazu. 1861 wird ein Franz Eßmeyer, Nierenburg, als Schankwirt, Pferdehändler und Krämer mit Kolonial- und Schmierwaren bezeichnet. 1862 feierte der Schützenverein in Nordhausen-Nierenburg bei Eßmeyer. Wahrscheinlich schon zu Beginn des 19. Jahrhunderts bestand in Mettingen die sogenannte Französische Schule, von der Familie ten Brink unterhalten. Im Obergeschoss ihres Gesellschaftshauses fand der Privatunterricht statt. Im Jahre 1861/62 besuchte auch ein Alexander Eßmeyer diese Schule für künftige Kaufleute.

In den Jahren 1604/05 gibt es in Mettingen vier Familien mit dem Namen Soest, es finden sich Spuren im „Toschlag" etwas außerhalb des Dorfes. Im Jahre 1683 wird ein Brinksitzer mit dem Namen Soostmeyer benannt, Westerbauer (1827/28 Hofbesitzer Soostmeyer/Timmerarens).

Adelheit Soostmeyer, die Ehefrau von Joes Eschmeyer, lebte einst mitten im Dorf. 1887 baute ein Wirt namens Soestmeyer (später Pape-Timmerarens) dort seine Backkammer um und richtete darüber einen kleinen Saal ein. 1905 wurde ein neues Haus mit einem größeren Saal gebaut. Vor wenigen Jahrzehnten noch nannte man einen der nachfolgenden Besitzer im Volksmund „Papenschinder", was einen Bezug zu Joes und dessen Vater Franz (ehemals Schinderei in Mettingen) vermuten lässt. Heute befindet sich auf dem Grundstück an der Clemensstraße eine Sparkasse.

Die Haustür der Familie Telsemeyer, ehemals Nachbarn des Soostmeyerhofes

Klassisches Rädern mit Rad und scharfkantigen Hölzern (Schweizer Chronik des Johannes Stumpf, Ausgabe Augsburg, 1586)

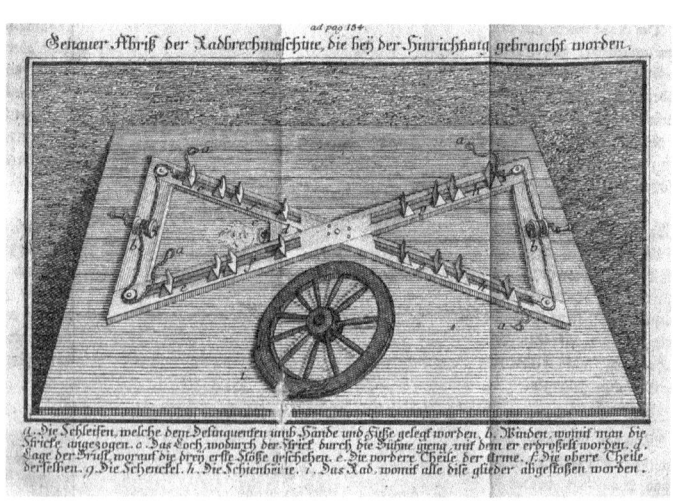

Die Dillinger "Radbrechmaschine" (1772)
Es gab unterschiedliche Arten von „Maschinen"

Aus dem Leben und von den vielfältigen Aufgaben eines Scharfrichters

Scharfrichter blieben in der Regel unter sich, man heiratete untereinander. Wir sehen das auch am Stammbaum des Tecklenburger Scharfrichters Franz Henrich Eschmeyer. Da tauchen Namen auf wie Klare, Sparenberg, Schneider, Matthias und Carel – lauter Scharfrichterfamilien!

Wer dieses Amt ausübte, verlor meistens seine Bürgerrechte – er war von nun an ein geächteter Mann (Wandlung im 18. Jh.). Es gab jedoch allerlei Privilegien, die diese Aufgabe (und für seine Söhne die Nachfolge) erstrebenswert machten. War ein Scharfrichter alt oder krank, versuchte er, seinem Sohn das Amt zu vererben, damit er Frau und Kinder versorgt wusste. So war es nicht verwunderlich, dass Neid, Stolz und Hochmut untereinander existierten.

Im gemeinen Volk kursierte so manches Schauermärchen, das aber häufig aus der Furcht und dem weitverbreiteten Aberglauben heraus entstanden war.

Es gab aber auch wahre Begebenheiten, wie jene, die sich um 1730 in Altona abspielte. Ein Tagelöhner hatte bei Arbeiten im Hause des Scharfrichters Caspar Gottfried Hemmings auf dem Dachboden einen Menschenkopf gefunden. Der befragte Henkersknecht wollte ihn mit der Behauptung abwimmeln, das sei ein Maulaffenkopf. Jener ging später als Halbmeister nach Pinneberg, wo er gegenüber seiner Nachbarin das Geheimnis lüftete. Mit seinem Herrn sei er einst zum Richtplatz gegangen und auf dessen Schultern gestiegen.

Dann habe er den Kopf vom Pfahl geholt und ins Haus gebracht.

Sehr selten verschwanden Leichen oder Teile davon und wenn doch, so waren möglicherweise die Angehörigen der Hingerichteten die Täter. Selbstverständlich war Leichenfledderei auch dem Scharfrichter verboten und nur wenige Einzelfälle belegen die ausdrückliche Erlaubnis, Teile des menschlichen Körpers als Medizin zu gebrauchen. Mumienfleisch sollte bei vielen Krankheiten helfen. Schädelknochen, zu Pulver gemahlen, gab man Epileptikern und Menschenfett galt als Basis für kostbare Salben.

Hinrichtungen reichten nicht aus, um den Unterhalt zu sichern. Zu den weiteren Aufgaben kommen wir an anderer Stelle noch. Einige Scharfrichter verfügten über medizinisches Wissen, erworben durch Unterricht des Vaters, durch das Lesen entsprechender Schriften und in der Praxis erworbene Kenntnisse, Lehre oder Studium.

Bei den Torturen galt als wesentlicher Grundsatz, keine bleibenden Schäden zu verursachen und Knochen und Sehnen nicht zu verletzen. Damit dem Meister kein „Kunstfehler" unterlief, waren medizinische Kenntnisse von Vorteil.

Auch Scharfrichter-Töchter oder -Frauen besaßen häufig umfangreiches Wissen, um Kuren durchzuführen und ihre Familie dadurch zu ernähren oder sogar einen hohen Bekanntheitsgrad und Vermögen zu erwerben. Bereits im 17. Jahrhundert wurde Anna Steinrien, die Frau des Heinrich Sparenberg, wegen ihres Könnens gerühmt und noch Jahrzehnte später erzählte man sich davon. Die Ausübung von Kuren spielte finanziell eine

bedeutende Rolle. Oftmals waren ehemalige Halbmeister des Lesens und Schreibens aber nicht mächtig,
so wie auch Henrich und Franz Eschmeyer.

Die Ursache von Krankheiten schrieb man in der damaligen Zeit den mangelhaft fließenden Körpersäften
zu. Diese versuchte der Arzt – zuständig für innere
Erkrankungen – über die Körperöffnungen oder über
den Aderlass abfließen zu lassen. Als Doctor verfügte
dieser zwar über einen akademischen Grad, hatte als
Gelehrter aber wenig Praxiserfahrung.

Anders der Bartscherer, ein handwerklich ausgebilde-
ter Operateur. Ihm brachte man eine hohe Wertschät-
zung entgegen und so mancher konnte in höhere Kreise einheiraten. Einige Scharfrichter gingen bei einem
Handwerkschirurgen in die Lehre, was sich im 18.
Jahrhundert noch verstärkte. Ein sezierter Körper gab
den Menschen der damaligen Zeit, auch im wissen-
schaftlichen Bereich, viele Rätsel auf. Das blieb so bis
ebenfalls weit in das 18. Jahrhundert hinein.

Zeitgleich wurde es jedoch notwendig, zu approbieren,
wollte man heilend tätig sein. Alle anderen galten als
Pfuscher und Quacksalber. So vollzog sich ein sozialer
Wandel innerhalb der Berufsstände.

Zahlreiche Frauen von Scharfrichtern heilten nun ille-
gal. Gegen Ende des 18. Jahrhunderts wurden Hebam-
menschulen gegründet, die jedoch in erster Linie von
Frauen der Halbmeister besucht wurden.

Zu den Aufgaben des Scharfrichters gehörten in frühen
Jahren die Aufsicht über Freudenhäuser und Glücks-
spiel; an Markt-, Gerichts- und Wahltagen übte er seine Aufsichts- und Ordnungsfunktion aus. Er war zuständig für die Straßenreinigung und beaufsichtigte

Gefangene durch seine Knechte. Außerdem ließ er die Abortgruben der städtischen Gebäude leeren, Gefängnisse reinigen, Selbstmörder beerdigen und streunende Hunde einfangen.

Seinen Lebensunterhalt sicherte er durch die Verpachtung von Abdeckereien, in denen totes Vieh verwertet und beseitigt wurde. Sämtliche niederen Arbeiten führten seine Knechte aus.

Der Abdecker gehörte vor und nach einer Hinrichtung zum Hilfspersonal. Er folgte den Befehlen des Scharfrichters mit bedingungslosem Gehorsam. Nach einer offenen Weigerung erfolgte die fristlose Absetzung. Ansonsten galt eine halbjährige Kündigungsfrist.

Gab es einen neuen Halbmeister, wurde dies von der Kanzel verkündet. Ihm standen Knechte zur Seite.

Der Scharfrichter trug bei Zwischenfällen die Verantwortung, so gab er am Abend und am Morgen vor einer Hinrichtung genaue Instruktionen.

Während der Abdecker ohne Beisein des Scharfrichters Diebe ausstäupen durfte (mit Ruten schlagen), konnte der Halbmeister in dessen Beisein Rädern, Hängen, Stäupen und Brandmarken – gegen ein Taschengeld. Ein Halbmeister hatte das Material zu stellen: Brandeisen, Ruten, Schaufel, Hacken oder Stuhl.

Pachtgelder waren im Voraus zu zahlen, eine Kaution wurde nach Ablauf der Pachtjahre mit Zinsen erstattet. War ein Scharfrichter in finanziellen Schwierigkeiten, konnte er mit Geldmitteln des Halbmeisters rechnen, auch wenn dieser dadurch in Konkurs ging.

Häufig wurden Pachtgelder willkürlich erhöht, was die Betroffenen mitunter zum Betteln und Stehlen veranlasste. Die Knechte zogen durch das Land und wechselten vom Halbmeister zum Scharfrichter und wieder zurück. Einstellungen erfolgten zu Jacobi am 25. Juli und zu Martini am 11. November für jeweils ein Jahr, Verlängerungen waren möglich. Es gab einen festen Lohn, freie Verpflegung und Unterkunft und einen Extra-Lohn für die geleisteten Abdecker-Arbeiten pro Vieh. Assistenz im Strafvollzug wurde von der Obrigkeit bezahlt und durch den Scharfrichter weitergeleitet. Ein Scharfrichter stand in Diensten des Landesherrn. Dienstvorschriften, Rechte und Pflichten musste er verinnerlichen. Bei neu zu treffenden Anordnungen entschied ein geheimer Rat. Im Bedarfsfall konnten dorthin auch Appelle gerichtet werden.

Es gab Zuwendungen für Winterkleidung und einen festen Betrag für Verhör, Folter und Hinrichtungen. Eine doppelte Hinrichtung (Schwert und anschließend der Scheiterhaufen als Symbol) wurde auch doppelt bezahlt.

Vom Abdecker konnte der Scharfrichter z. B. Pferdehaare und hundslederne Sommerhandschuhe erwarten, was in der Regel die Pacht ermäßigte.

Eine wichtige Grundregel lautete:

> Ein Scharfrichter durfte niemals vorher als Abdecker tätig gewesen sein, bzw. er musste nachweisen, dass seine Knechte diese Arbeiten verrichtet hatten.

Zu den festen Überzeugungen gehörte:

> Es genügte nicht, eine Tat zu bereuen!
> Um die Seele zu heilen, musste der Körper zerstört werden. Der Heilungsprozess begann häufig mit der Folter und endete mit der Hinrichtung, die ein ewiges Leben und Seligkeit versprach.

Wichtige Voraussetzungen, um Scharfrichter zu werden, waren Disziplin, sicheres Auftreten, Unerschrockenheit und ein entschlossenes Vorgehen.

Es ist belegt, dass viele Henker einfühlsam vorgingen, mit den Delinquenten beteten und ihnen gut zuredeten.

Wichtig war ihnen die innere Umkehr des Sünders und sie betrachteten ihre Handlungen als Mittel zur Reue und Buße, um Gott die Ehre zu geben.

Sie wurden so zum Diener der göttlichen Gerechtigkeit.

Scharfrichter bei der Vorbereitung
(Antwerpen - Beller - 1562)

16.9.1764

Privilegium für den Scharf-Richter und Abdecker Frantz Eschemeyer in der Grafschaft Tecklenburg

Kopie vom Original - Die Herrschaftsgebiete des Königs konnten nicht alle entziffert werden, die Schlüsselwörter zum Verständnis der Urkunde sind fett gedruckt. Transkription mit Umstellungen zum Verständnis des Sinns.
Werner Suer, 2016

Wir, Friedrich von Gottes Gnaden, König in Preußen,

Marggraf zu Brandenburg, des Heiligen Römischen Reichs Ertz-Cämmerer und Curfürst,
Souverainer und Oberster Hertzog von Schlesien,
Souverainer Printz von Oranien, Neuchatel und Vallenqin, wie auch der Grafschaft Glatz, in Geldern, zu Magdeburg, Cleve, Jülich, Berge, Stettin, Pommern, der Caschuben und Wenden, zu Mecklenburg und Krossen,
Hertzog, Burggraf zu Naumburg,
Fürst zu Halberstadt, Minden, Kanim, Verden, Schwerin, Ratzeburg, Ost-Friesland und Munss,
Graf zu Hohenzollern, Rügen, der Marck, Ravensberg, Hohenstein, Tecklenburg, Schwerin, Lingen, Bühren und Bührdam,
Herr zu Ravenstein, der Lande Rostock, Stargardt, Lauenburg Cutas, Orlay und Sunda (und Herscher von) Tecklenburg thun kund und bekennen hiermit für Uns,

Unsere Nachkommen und sonst jedermännlich : Nachdem bey Uns Frantz Eschemeyer allerunterthänigst Ansuchung gethan, dass Wir allergnädigst geruhen möghen, den durch den Todt seines Vettern, des Friderich Bernhard Stadhauers vacant gewordenen Scharfrichter-Dienst zu Tecklenburg hinwieder zu conferiren (besetzen) und ihm darüber ein Privilegium, gleich denen Scharf-Richtern zu Minden und in Unserer Grafschafft Ravensberg zu ertheilen, dagegen selbiger (hat er) jährlich vierzehn Taler pro Canone (als Pacht) von dieser Meisterey (Scharfrichterei) in Golde, den Louis de Or (Währung) zu fünf Reichs-Thaler gerechnet, abzutragen und an Unsere Jagdt-Casse und deren zeitigen Rendanten, Hof-Rath Her(win) anhero (zu zahlen) fest versprochen. Wir (werden) auch diesem allerunterthänigsten Ansuchen in Gnaden deferiren (nachkommen) als Privilegium (und wollen) wir gedachtem Frantz Eschemeier thun auch solches hiermit, und krafft dieses Briefes verleihen und (Wir) verschreiben ihm und seinen rechten männ- und weiblichen Leibes- Erben erb- (und) eigenthümlich den Scharf-Richter-Dienst und die Meisterey nebst Zubehör in Unserer Grafschafft Tecklenburg und in den dazu gehörigen Orthen, nehmlich in deren dreyen Flecken (Dörfern bei) Tecklenburg (als) ScharfRichter eigent(lich) und gebührend zu versehen und zu bewerkstelligen, auch gute tüchtige Knechte zu halten, schuldig ist. Auch muß er und die Seinigen für alle Convenirung (Ausübung) dieser Meisterey und Abdeckung die jährlich pro Canon festgesetzten vierzehn Rthlr. jedesmal auf Trinitatis (Fest der Dreifaltigkeit im Mai oder Juni) anhero (hier) zur Jagdkasse und deren (der) zeitigem Rendanten, Hof-rath Herwin in ...Gold ohne Verzug einsenden und damit alle Jahr ohne einzige Erinnerung continuiren (fortsetzen), wobey Wir uns aber gleich, wie bey allen Unseren übrigen Meisteryen geschehen, die Erhöhung der Canonis, wenn man sehen sollte, dass er die Meisterey hiernächst ertragen (durchführen) könnte, ausdrücklich reservieren und vorbehalten. Wenn auch der Frantz Eschmeyer seine Meisterey etwa an jemand zu gut finden solle, so muss es an solchen (Knecht) geschehen, der da tüchtig ist, alle vorkommenden Verrichtungen ohne Tadel zu bestellen, damit keine rechtmäßigen Klagen geführt werden dürfen, welches auch alsdann vornehmlich zu beobachten ist. Wenn er nach seinem Ableben unmündige Kinder hinterlassen sollte, dann (wollen) Wir zwar auf solchen Fall allergnädigst geschehen lassen, dass diese Meisterey, solange seine Witwe lebt, und (den) Kindern nicht dadurch zugefügter Schaden zugleich versetzt werden soll, wozu ihm jeden Orths, auf sein geziemendes Suchen und Anmelden behülflich zu seyn wird und zwar ohne Ansehen der Person, (was) hierdurch befehligt wird. Dahingegen ist der Scharf-Richter schuldig, dass ihm angesagte Luder (tote Tiere) durch seinen Knecht längstens binnen 24 Stunden, solange es verwahrt werden muss, gehörig abholen (muss) und an den dazu bestimmten Orth bringen zu lassen. Bey entstehenden ansteckenden Seuchen aber, welche Gott in Gnaden abwenden wolle, muss dasselbe (Tier) mit Haut und Haaren wenigstens 6 Fuß tief vergraben werden und es bleibet hierneben lediglich bey denen dieserhalb gemachten Verordnungen und ertheilten Vorschriften. Auch hat es zur Zeit mit der Theilung der Fell-Luder zwischen den

Viehhirten und dem Scharf- Richter, item wegen der äußerlichen ...an Menschen oder Vieh bey der bisherigen Gewohnheit sein Verbleiben, bis Wir dieserhalb etwas anderes zu verordnen, gut finden. Wir befehlen solchernach (daher) allen Gerichts- obrigkeiten, auch sämtlichen Einwohnern und Unterthanen in Unserer Grafschafft Tecklenburg hiermit gnädigst jedoch ernstlich mehr erwähnten Frantz Eschmeyer für (als) einen von Uns bestellten Schafrichter zu erkennen, ihn bedürfendenfalls (bei Bedarf) in Schutz zu nehmen und von niemandem muthwilliger Weise beleidigen, auch ihn bey der Nutzung oben(ge-)meldeter Meisterey und Abdeckung keinen Eintrag thun

oder denselben sonst beschweren zu lassen, wonach ein jeder (in) seines Orths gebührend zu achten hat. Urkundlich haben Wir dieses Privilegium Höchst Eigenhändig und mit Unserem Königlichen Insiegel bedrucken lassen.

So geschehen und Gegeben zu Berlin, den 10ten September 1764.

Der Henker bietet einem Verurteilten eine Prise Schnupftabak an (19. Jh.)

NOVUM CORPUS
CONSTITUTIONUM PRUSSICO-
BRANDENBURGENSIUM
PRAECIPUE
MARCHICARUM,

Oder

Neue Sammlung

Königl. Preuß. und Churfürstl. Brandenburgischer,

sonderlich in der

Chur- und Mark-

Brandenburg,

publicirten und ergangenen

Ordnungen,
EDICTen, MANDATen, RESCRIPTen,
&c. &c. &c.

Von 1766. 1767. 1768. 1769. und 1770.

als der

Vierte Band.

Nebst einem Zusatz einiger Verordnungen, welche in den jährlichen Sammlungen
der Edikten von 1766 bis 1770 noch nicht befindlich sind.
Mit Königl. allergnädigster Bewilligung,

und

Dero Academie der Wissenschaften
darüber ertheilten
PRIVILEGIO.

Berlin, gedruckt in der Königlichen Hof-Buchdruckerey, bey G. J. Decker. 1771.

Criminalordnung 1766 - 1770,
Königliche Hof-Buchdruckerei 1771

	Lingen.			Tecklenburg.		
	Fl.	Stb.	d.	Rth.	Sch.	Pf.
3) Für die Aufwartung bey Commissionen, wenn gleich die Commission viele Tage währet, von jedem Theile	—	10	—		5	3
4) Bey Ablegung einer jeden Vormundschafts-Rechnung	—	10	—		5	3

Von sämtlichen vorstehenden Sportuln, die Copialien und Gebühren des Nuncii ausgenommen, wird in Sachen unter 40 fl. nur die Hälfte, und in Sachen unter 10 fl. gar nichts, genommen. Alle sonst bishero üblich gewesene und hierin nicht ausgedruckte Gerichts-Sportuln fallen gänzlich weg, jedoch hat es bey den für jeden Aufschlag im Lingenschen hergebrachten 7 fl. 4 Stbr. sein Bewenden.

Lehns-Gebühren in den Grafschaften Lingen und Tecklenburg.

	Fl.	Stb.	d.	Fl.	S:b	Pf.
1 Pro Decreto ad Supplicam, wobey der Muthschein ertheilet wird	2	2	—	2	2	—
Pro Mundatione & Charta	—	4	—	—	4	—
Für den Muth-Schein	5	—	—	4	—	—
Pro Expeditione	—	18	—			
Pro Charta legali	—	5	—	—	5	—
Dem Nuncio	—	6	—	—	6	—
2 Pro Decreto, wodurch Term. investituræ angesetzet wird	2	2	—	2	2	—
Pro mundo	—	4	—	—	4	—
3 Pro Termino Investituræ	2	2	—	2	2	—
Pro charta legali zum Protocoll	—	5	—	—	5	—
4 Ordentliche Lehns-Jura	40	—	—	27	10	—

Jedoch werden in casu magno von den Lingenschen Vasallen nur 20 fl. entrichtet. Es werden auch von den Lingenschen und Tecklenburgischen Lehns-Juribus jedesmahl 15 fl. ad Cassam montis pietatis zu Berlin eingesandt.

	Fl.	Stb.	d.	Fl.	S:b	Pf.
5 Für Pergament zum Lehnbrief	—	16	5	—	16	5
Pro Expeditione desselben	5	16	—	5	16	—
Pro Copiis & Vidimatione der alten und neuen Lehn-Briefe	—	12	—	—	12	—
Pro Nuncio	—	18	—	—	18	—
6 Wenn der Lehns-Eid in animam Vasalli abgeleget wird	1	4	—	1	4	—

Sportul-Ordnung

für die

Lingen- und Tecklenburgische Regierungs-Advocaten.

	Fl.	Stb.	d.	Rth.	Sch.	Pf.
1 Für eine schriftliche Klage	2	—		1	—	
Wenn die Sache wichtig und viele Information erfordert	3	—		1	10	6
Für ein blosses Memorial	1	—		—	10	6
2 Pro Interpositione Appellationis vel Revisionis	1	10		—	15	9
Wenn darinn Gravamina zugleich justificiret werden, oder Justificatio besonders erfolget, wird die Schrift nach der Gründlichkeit taxiret.						

Für.

190

		Lingen.			Tecklenburg.	
		Fl.	Sch.	d.	Rthlr.	Sch.	Pf.

3 Für ein mündlich Verhör, wenn die Sache 100 fl. und mehr betrift | 3 | — | — | 1 | 10 | 6
   in Sachen unter 100 fl. bis 50 | 2 | — | — | 1 | — | —
         unter 50 fl. bis 20 | 1 | — | — | — | 10 | 6

4 Wenn die Sache loco ordinario verwiesen wird, für jede Schrift nach
Beschaffenheit und Wichtigkeit der Sache | 3 bis | 4 | — | — | 1 a 2 | 10 | 6
Findet aber der Urthels-Fasser, daß die Sache mündlich hätte
vorgetragen werden sollen, wird nicht mehr, als für ein Ver-
hör passiret. | 0 |

5 Die Satzschriften werden nicht Bogenweise, sondern nach der
Gründlichkeit tarirt.

6 Für Inroculation der Acten, wenn schriftlich verfahren worden | 1 | 10 | — | 1 | — | —

7 Pro Revisione einer Satzschrift, welche von andern concipiret ist | 1 | — | — | — | 7 | —
Er muß aber solche gehörig einrichten und dafür stehen.

8 Pro Revisione eines fremden Memorialis sub eadem lege | — | 4 | — | — | 2 | —

9 Für jeden Brief, wenn die Correspondenz nöthig gewesen | — | 5 | — | — | 3 | 6

10 Pro Extensione Mandati | — | 5 | — | — | 3 | 6

11 Pro Sollicitura eines jeden Decreti, welches von dem Advocaten
abgefordert und aufgelöset wird, imgleichen, wenn dieselbe dem
Gegentheil das Decret in der Stadt insinuiren lassen müssen | — | 5 | — | — | 3 | 6

12 Wenn jemand ex officio zum Sachwalter bestellet wird, und da-
her dem einen Theil von dem Decreto Nachricht geben muß | — | 15 | — | — | 7 | 9
Uebrigens können die Advocaten pro Arrha, pro Termino,
wenn die Sache zum Verfahren zu verweisen gebeten wird, für
die Constitutions-Vorträge, pro Termino Publicatio-
nis Sententiæ, und überhaupt in allen hierinn nicht ausge-
druckten Fällen nichts fordern oder nehmen. Es wird ihnen
auch in Sachen unter 40 fl. nur die Hälfte vorstehender Gebühren, und in Sachen unter 10 fl. gar nichts passiret.

Criminal-
Sportul-Ordnung
für die
Lingen- und Tecklenburgische Regierung.

1 Für die summarische Abhörung der Zeugen bey der General-In-
quisition, wenn solche einen ganzen Tag währet | 3 | — | — | 1 | 10 | 6
Dem Nuncio für die Citation der Zeugen in der Stadt | — | 2⅓ | — | — | 1 | —
Ausser der Stadt wird das Meilen-Geld besonders vergütiget.

2 Wenn einer zur Haft gezogen wird
pro Mandato | 1 | — | — | — | 10 | 6
dem Nuncio die Arretirung zu bewürcken | — | 10 | — | — | 5 | 3
dem Stecken-Knecht | — | 5 | — | — | 3 | —

3 Für Besichtigung eines todten Körpers und zugleich für Einneh-
mung summarischer Information darüber | 3 | — | — | 1 | 10 | 6
Ausser der Stadt wird nur noch die freye Fuhre besonders
vergütiget.

E

Für

		Rügen.		Mecklenburg.		
		Fl.	Stb.	d.	Rthl.	Sch.	Pf.

#	Beschreibung	Fl.	Stb.	d.	Rthl.	Sch.	Pf.
4	Für Besichtigung eines Verwundeten, inclusive des dabey zu haltenden Protocolli	3	½		1	10	6
	dem Nuncio ad 3. & 4.		10			5	8
	Wegen des Medici & Chirurgi hat es bey der Medicinal-Ordnungs-Taxe sein Bewenden.						
5	Der Section eines todten Körpers beyzuwohnen, wie n. 3.						
6	Für eine Haus-Visitation ad instantiam Privati	3			1		
	Dem Nuncio		10			5	8
7	Für eine Edictal-Citation in peinlichen Sachen	2			1		
8	Für ein Subsidial-Schreiben, imgleichen ein Attest ex Actis	1	15			10	6
9	Für Abfassung der Inquisitions- und Confrontations-Articul bis zu 50, von jedem Inquisiten	1	6	2	1	14	
	wenn mehrere Articul sind	2			1		
10	Für Abhörung des Inquisiti ad Articulos inquisitionales	3			1	10	6
11	Für Abwartung eines Termini Confrontationis	2			1		
12	Für Entwerfung der Probatorial-Articuln bis zu 50	1	6		1	14	
	Wenn mehrere Articul sind	2			1		
	Für Examination eines Zeugen, es sey probatorialis oder defensionalis	1				10	6
	Für Verfertigung des Rotuli bis 6 Bogen	2			1		
	Was über 6 Bogen ist, wird mit 5 Stbr. pro Bogen bezahlet		5			1	9
13	Für einen Steck-Brief	1				10	6
14	Für Beywohnung einer Territion oder Tortur	3			1		
15	Für einen Revers bey Ablieferung eines Gefangenen von einem fremden Gerichte	1				10	6
16	Pro Termino Collationis & Inrotulationis Actorum	2			1		
17	Für ein Criminal-Urtheil 2 bis	4			1 à 2		
	In ganz wichtigen und weitläuftigen Sachen 6 bis	8			3 à 4		
18	Für einen Bericht ex Actis	1				10	6
	Wenn solcher weitläuftig	2			1		
19	Für Abnehmung einer Urphede oder Reinigungs-Eides	1				10	6
20	Für Vollziehung einer Landes-Verweisung oder Lieferung zur Vestung	2			1		
21	Den Staupenschlag oder andere Leibes-Strafen zur Execution stellen zu lassen	3			1	10	6
	Dem Nuncio		5			2	6
	Dem Schliesser		10			5	8
22	Dem Nuncio einen Gefangenen aus andern Gerichten zu holen, oder auch zur Festung hinzubringen, täglich	1				7	
23	Dem Stecken-Knecht fürs Schließ-Geld		5			2	6
24	Dem Gefangen-Wärter einen Inquisiten ins Verhör und wieder zurück zu bringen, desgleichen auf- und wieder anzuschliessen		5			2	6
	demselben für Aufwartung bey einer Tortur oder Execution		10			5	3
	demselben täglich		3	2		1	7

Taxe

Wornach die Scharf-Richter zu Lingen, bey Einforderung ihrer Gebühren, von ganzen, halben, oder gedoppelten Executionen sich zu achten haben.

	Lingen.			Tecklenburg.		
	Fl.	d.	Pf.	Rtl.	Sch.	Pf.
1. Dem Scharfrichter für eine Execution am Leben	20	—	—	10	—	—
dem Knecht	2	—	—	1	—	—
An Zehrungs-Kosten und Fuhrlohn, wenn er ausserhalb Lingen eine Execution zu verrichten hat	10	—	—	5	—	—
Falls er länger als 3 Tage, es sey bey einer ganzen oder doppelten Execution sich aufhalten müste, soll ihm und dem Knechte täglich 2 fl. Warte- und Zehrungs-Geld mehr gezahlet werden	2	—	—	1	—	—
2. Für eine Execution am Leibe	10	—	—	5	—	—
dem Knecht	1	—	—	—	10	6
An Zehrungs-Kosten und Fuhrlohn	5	—	—	2	10	6
3. Geschiehet eine doppelte Execution, z. E. am Leben, mit dem Schwerdte und Feuer, oder am Leibe mit Staupen-Schlag und Brandmark, bekommt der Scharfrichter und dessen Knecht auch die doppelte Gebühren, nach Proportion einer Execution am Leibe oder Leben, nicht aber doppelte Zehrungs-Kosten.						
4. Wenn der Körper eines Delinquenten verbrandt, oder jemand mit Zangen gekniffen wird, giebt die Obrigkeit die Materialien, so dazu erfordert werden, der Scharfrichter aber bekommt solcherhalb ausser den ordinairen Gebühren						
Für eine Execution am Leben	10	—	—	5	—	—
und der Knecht	2	—	—	1	—	—
5. Für einen Delinquenten zu torquiren,						
dem Scharfrichter jedesmahl	8	—	—	4	—	—
dem Knecht	2	—	—	1	—	—
An Zehrungs-Kosten und Fuhrlohn	5	—	—	2	10	6
In loco domicilii werden weder Zehrungs-Kosten noch Fuhrlohn bezahlet.						
6. Für eine Territion, dem Scharfrichter	4	—	—	2	—	—
dem Knechte	2	—	—	1	—	—
An Zehrungs-Kosten und Fuhrlohn	5	—	—	2	10	6

Gegeben Berlin, den 18ten Januar. 1766.

Friderich.

(L. S.)

v. Jariges.

C 2   Wenn

Darstellung im Soester Nequambuch (um 1315, Stadt-archiv Soest)

Die Hinrichtung des Heideläufers Dolle auf dem Lengericher Galgenknapp im Jahre 1785

von Heinrich Kienemann (1981)

Befährt man die Landstraße von Osnabrück nach Münster über Hellern – Hasbergen – Natrup-Hagen, so passiert der Kraftfahrer kurz nach der Landesgrenze den letzten, wie ein Sperriegel vor der Münsterschen Tieflandsbucht liegenden, Höhenzug des Teutoburger Waldes. Nach einer kurvenreichen Gefällstrecke den Berg hinab wird Lengerich erreicht. Diese Hangstrecke – im Winter bei Schnee und Glatteis von den Autofahrern gefürchtet – ist weit und breit unter der Bezeichnung „Galgenknapp" bekannt. Der Name wird in den Topographischen Karten als Lagebezeichnung verwendet. Es ist ebenfalls allgemein bekannt, dass sich hinter diesem Namen nichts anderes verbirgt, als dass die Landstraße an einer historischen Hinrichtungsstätte vorbeiführt, eine noch heute vorhandene von der Straße aus gut sichtbare Wiese, kurz unterhalb des Kamms des Höhenzuges gelegen.

Kaum bekannt hingegen ist, dass sich an dieser Stelle im Jahre 1785 ein so unerhörtes Ereignis abspielte, dass sogar die preußischen Könige Friedrich der Große (1740 – 1786) und sein Nachfolger Friedrich Wilhelm II. (1786 – 1797) damit befasst waren. Anlass war die letzte, im Jahre 1785 auf dem Lengericher Galgenknapp durchgeführte, aber nicht glatt verlaufene, Hinrichtung des Heideläufers Dolle.

Der damalige umfangreiche Schriftwechsel ist erhalten geblieben und wird im Original im Staatsarchiv Münster (Kriegs- und Domänenkammer Minden XXXIX, Nr. 23) verwahrt. Die Lengericher Zeitung berichtete im Jahre 1901 (Nr. 52, 53, 55) in Fortsetzungen auf der Grundlage der Originalakte über die Geschehnisse von 1785. Die Artikelserie ist es wert, 80 Jahre nach ihrem Erscheinen und etwa 200 Jahre nach dem Geschehnis einem größeren Leserkreis zugänglich gemacht zu werden, da sie geeignet ist, einen guten Einblick in die Strafjustiz unserer Heimat im Zeitalter der sogenannten Aufklärung und an der Schwelle des Industriezeitalters zu geben.

Es folgt die Wiedergabe des Zeitungsbeitrages von 1901, ergänzt durch kenntlich gemachte Anmerkungen:

Im Jahre 1784 wurde auf öffentlicher Straße am hellen Tage im Kirchspiel Lotte ein Mord an dem Juden Marcus Moses begangen und als Mörder der Heideläufer (Anm.: von Hegeläufer – Forstaufseher, Holzförster) Johann Henrich Dolle überführt. (Anmerkung zu dem Mord: Dolle schuldete dem Juden für eine gekaufte Kuh Geld. Als der Jude zu Dolle kam, um das Geld zu holen, forderte dieser ihn auf, er soll mitkommen zum Schoppenkämper im Habichtswald. Von Schoppenkämper bekäme er, Dolle, das Geld geliehen. Unterwegs soll Dolle den Juden erschossen oder erschlagen haben. Der Platz, an dem der Mord geschah, ist heute noch als „Judenloch" bekannt.) Dieser Mord veranlasste den Pastor zu Lotte, mit Namen Wedde, eine Predigt wider den Totschlag eines Menschen zu halten, welche nebst der Geschichte des Mordes „durch einen die Gerechtigkeit liebenden Freund" zum Druck befördert wurde. Ein Exemplar dieser Schrift wagt der „in der allerunterthänigsten Hochachtung ersterbende Pfarrer von Lotte Sr. Königlichen Majestät zu Füßen zu legen mit einem auf einen gewöhnlichen Bogen (statt eines Stempelbogens, der hier nicht zu haben ist) geschriebenen Begleitschreiben, datiert Lotte, den 6. August 1784. Der Mörder Dolle wurde zum Tode verurteilt, und zwar zur Strafe des Rades von oben herab, jedoch mit dem Beifügen, dass er zuvor unvermerkt zu erdrosseln, und der Körper hiernächst auf das Rad zu flechten sei.

(Anmerkungen zur Strafjustiz der damaligen Zeit: vgl. Gisela Wilbertz „Scharfrichter und Abdecker im Hochstift Osnabrück" S. 10 – 12 und S. 76 – 94. Rechtsgrundlagen waren der „Ewige Landfrieden von 1495 des Kaisers Maximilian I. (1493 – 1519) und die „Peinliche Gerichtsordnung" von 1532 des Kaisers Karl V (1519 – 1556). Während in der germanischen und frühfränkischen Zeit die Strafverfolgung hauptsächlich ein Recht des Geschädigten und seiner Sippe war, danach zwar der Staat den Anspruch erhob, Verbrechen gegen die Allgemeinheit durch seine Gerichte zu ahnden, die Klage des Geschädigten aber notwendig blieb, um einen Prozess in Gang zu bringen (Akkusationsprozess), verfolgt nunmehr die Obrigkeit eine Straftat von sich aus (Inquisitionsprozess). Der Richter wurde zur beherrschenden Figur des Strafverfahrens, der Kläger (Geschädigte) zum bloßen Zeugen. Die Feststellung des objektiven Tatbestandes war nunmehr unumgängliche Aufgabe des Gerichts. Das Geständnis des Angeklagten wurde so wichtig, dass ohne sein Vorliegen niemand verurteilt werden durfte. Das wiederum hatte seit dem 13. Jahrhundert die allgemeine Anwendung der Folter (Tortur) zur Folge. (s. Wilbertz Seite 78 ff) Als alleiniger Strafvollstrecker wird in der „Peinlichen Gerichtsordnung" von 1532 der Scharfrichter genannt, so blieb es bis heute. Die Blutgerichtsbarkeit wurde vom Gogericht ausgeübt, das aus dem Gografen und zwei Schöffen bestand.

Ein Strafprozess, wie er damals üblich war, gliederte sich in drei Abschnitte:

1. Die Voruntersuchung; dazu gehörten Beschaffung von Beweismaterial, Zeugenvernehmungen, Verhöre des/der Angeklagten und die Anwendung der Tortur, sofern diese angeordnet wurde.

2. Die Urteilsfindung und -bestätigung; zuständig waren dafür z. B. in den Ämtern des damaligen Hochstifts Osnabrück die Land- und Justizkanzlei, in der Stadt Osnabrück der Rat.

3. Die Urteilsvollstreckung; sie fiel in den Zuständigkeitsbereich der amtsansässigen Beamten bzw. der Gerichtskommission. Über die Abschnitte waren Protokolle zu fertigen.

Die Aufgabe des Scharfrichters bei einem solchen Kriminalverfahren bestand im Vollzug der Tortur und des Urteils, sofern es sich um Ausstäupung (öffentlich am Pranger ausgeführte Schläge mit Ruten und anschließende Landesverweisung) oder Hinrichtung handelte. Auf Zustandekommen und Inhalt von Tortururteil und Endurteil hatte er keinerlei Einfluss, für die Durchführung allerdings war er voll verantwortlich.

Eine misslungene Hinrichtung hatte im günstigsten Falle nur eine Untersuchung, im ungünstigeren aber Dienstentlassung und Bestrafung zur Folge.

Die mildeste Form einer Kriminalstrafe war die zeitliche oder ewige Landesverweisung, danach folgte die Schließung ins Halseisen am Schandpfahl, die nächste Steigerung war die Ausstäupung mit Ruten am Pranger und ev. anschließender Brandmarkung. Die nächste Stufe war die Hinrichtung. Jede Hinrichtung erforderte ein hohes Maß an Organisation und eine oft wochenlange Vorbereitung. Der Rentmeister, der dafür verantwortlich war, schickte Vögte und Untervögte aus, die wiederum die zu bestimmten Dienstleistungen verpflichteten Bauern zu benachrichtigen hatten. Denn es war Aufgabe gewisser landesherrlicher Eigenbehöriger, Holz und Leiter für Galgen, Pfahl und Rad und Scheiterhaufen zu liefern, das Rad aufzurichten, die Kuhlen zu graben, die Leiter an den Galgen zu stellen und wieder abzuwerfen. Andere mussten die Verurteilten mit Pferd und Wagen zum Richtplatz fahren und den Scharfrichter abholen und wieder zurückbringen. Neben einer Abteilung Militär bildeten dazu aufgebotene Bauern den Kreis um die Hinrichtungsstätte, den kein Unbefugter betreten durfte. Daneben verhandelte der Rentmeister mit verschiedenen Handwerkern, die den Galgen bauten, das Schafott zimmerten, den Richtstuhl, das Rad und das dazu gehörige Besteck verfertigten, außerdem die benötigten Nägel, Ketten, Krampen, Eisenbänder, Spaten und Hämmer herstellten.

Zu den Hinrichtungsarten stellt Frau Wilbertz (s. S. 86 f) fest: Am häufigsten wurde im Hochstift Osnabrück vom 16. - 19. Jahrhundert für Männer (insgesamt 427) die Galgenstrafe verhängt (121), danach die Enthauptung mit dem Schwert (78), Rädern kam relativ selten vor (22). Verbrennen war die Ausnahme (8), bei der restlichen Anzahl (198) ist die Hinrichtungsart unbekannt. Von den hingerichteten Frauen (92) wurde dagegen die Hälfte verbrannt (46), fast alle als Hexen (44), von der anderen Hälfte wurde der größte Teil enthauptet (24), in der Mehrzahl wegen Kindesmord, wenige wurden gehängt (7), noch weniger ertränkt (3). Der zum Rädern Verurteilte wurde flach auf dem Boden liegend, mit ausgestreckten Armen und Beinen, an Händen, Füßen und Hals auf eine hölzerne Unterlage gebunden, die „Besteck" oder auch „Maschine" hieß. Unter den Ober- und Unterarmen, Ober- und Unterschenkeln, befanden sich Hohlräume, und an diesen Stellen stieß der Scharfrichter bzw. einer seiner Knechte mit einem eisenbeschlagenen Rad senkrecht von oben zu, damit die Knochen brechen. Weitere Stöße wurden auf die Brust, längs und quer, und zuletzt, nach dem Losbinden und Herumdrehen des Körpers, auf den Nacken ausgeführt. Beim Rädern „von unten" wurden zunächst Arme und Beine zerschlagen, beim Rädern „von oben" begann man mit den Bruststößen, um den sofortigen Tod zu erreichen; die Reihenfolge war im Urteil festgelegt. Im Laufe des 18. Jahrhunderts wurde die Regel, dass die vorherige Erdrosselung mittels eines Strickes vom Gericht angeordnet wurde. Am Richtplatz war auf einem Pfahl ein zweites Rad aufgerichtet. Der Körper des Geräderten wurde auf dieses Rad gebracht und Arme und Beine entweder durch die Speichen des Rades „geflochten" oder er wurde aufs Rad „gesetzt", was wörtlich zu verstehen ist; in diesem Fall ragte ein Stück Pfahl über die Mitte des Rades hinaus, der Kopf des Hingerichteten wurde auf dieses Pfahlstück genagelt und der Körper mit Ketten und Eisenbändern befestigt; er blieb auf dem Rad, bis es von selbst umfiel.)

Nach diesem ausführlichen Exkurs in die Strafjustiz des 19. Jahrhunderts folgt der weitere Text des Zeitungsartikels.: Als Scharfrichter des Kreises war in jener Zeit Franz Henrich Eschmeier zu Mettingen angestellt. Derselbe war auch nach dem Tode seines Vetters Bernhard Stahlhauer durch Verfügung des Königs Friedrich (Anm.: der II., der Große) vom 16. September 1764 zum Scharfrichterdienst in Tecklenburg konferiert und ihm darüber ein Privilegium gleich den Scharfrichtern zu Minden und in der Grafschaft Ravensburg erteilt, wogegen er jährlich 14 Thaler pro Canon (Anm.: jährlich zu zahlende Nebenabgabe) von dieser Meisterei in Golde, den Louisdor zu 5 Reichsthalern gerechnet, abzutragen und an die Jagdkasse zu senden versprach. Ihm und seinen rechten männ- und weiblichen Leibeserben soll der Scharfrichterdienst und die Meisterei nebst Gebühr erb- und eigentümlich verliehen sein in der Grafschaft Tecklenburg (Anm.: 1707 von Preußen käuflich erworben) und „in denen dazugehörigen Orten, nämlich in den dreyen Flecken (Anm.: Orte mit Stadtrecht) Tecklenburg, Lengerich und Cappeln und in den Dörfern Lienen, Ladbergen, Ledde, Leeden, Lotte, Wersen und Schale." Er ist dafür frei von Kontribution und Einquartierung, hat aber auch alle von der Meisterei abhängigen Verrichtungen, sowohl was die scharfe Exekution als auch die Abdeckerei

(Anm.: Beseitigung von Tierkadavern der Haustiere, wobei die Haut (Decke) und die Knochen verwertet werden konnten) betrifft, „gehörigermaßen und wie es einem rechtschaffenen Scharfrichter eignet und gebühret, zu versehen und zu bewerkstelligen, auch gute, tüchtige Knechte zu halten, schuldig ist". Seine Dienste werden also festgestellt: „Wenn jemand in dieser unserer Grafschaft Tecklenburg und den dazugehörigen Orten groß oder klein Vieh absterben sollte, so ist ein jeder schuldig (ausgenommen die Schafe) dem Scharfrichter oder dessen Abdeckerknechte, wenn derselbe ihnen näher ist, gegen Empfang des gewöhnlichen Trinkgeldes, hingegen aber keinem Fremden oder Auswärtigen ansagen, es auch nicht verschleppen, vergraben oder durch die Hunde fressen zu lassen, bei Vermeidung eines Wispel (Anm.: Raummaß) Hafers zu Strafe, welche uns zur Berechnung ins nächste Amt eingeliefert und ebenfalls durch den Exekutor beigetrieben, auch dem Scharfrichter den ihm dadurch zugefügten Schaden zugleich ersetzt werden soll, wozu ihm jede Ortsobrigkeit auf sein geziemendes Suchen und Anmelden behilflich zu sein, und zwar ohne Ansehn der Person hierdurch befehliget wird. Dagegen der Scharfrichter schuldig ist, das ihm angesagte Luder durch seinen Knecht wenigstens binnen 24 Stunden, also so lange es verwahrt werden muss, gehörig abholen und an die dazu bestimmten Örter bringen zu lassen. Bei entstehenden ansteckenden Seuchen aber, welche Gott in Gnaden abwenden wolle, muss dasselbe mit Haut und Haaren wenigstens 6 Fuß (Anm.: knapp 2 m) tief vergraben werden. Auch hat es noch zur Zeit mit der Teilung des Fell-Leder zwischen den

Unterthanen und dem Scharfrichter item wegen der äußerlichen Kuren an Menschen oder Vieh bei der bisherigen Gewohnheit sein Verbleiben, bis wir dieserhalb ein anderes zu verordnen gut finden."

Diesem Scharfrichter Eschmeier wurde nun die Hinrichtung des Mörders Dolle übertragen. Die Vorbereitungen werden uns in einer Eingabe des Regierungssecretarii (Anm.: Regierungssekretär der tecklenburgisch-lingeschen Kammerdeputation) Mettingh an den König vom 17. Juni 1785 also beschrieben: „Allerdurchlauchigster König und Herr. Das ist sehr wahr; solch ein gefaßter Mensch, wie der Inquisit Dolle ist, verdient Bewunderung. Bei der am 15. dieses Monats geschehenen Verkündigung des Todesurteils äußerte er so wenig Furcht, daß er vielmehr sagte, er danke Gott, daß sein Urteil gefället, den Tod habe er verdient, den wolle er leiden. Darum bitte er, baldthunlich das Urteil zu vollziehen, er habe einen gnädigen Gott, aus Überzeugung wolle er bei den Grundsätzen der reformierten Kirche bis an seinen Tod beharren.

Bevor nun dieses Urteil vollzogen werden kann, habe über folgende Punkte allunterthänigst zu berichten und mit zugleich wegen einiger allergnädiste Resolution, sobald es geschehen kann, wo nicht mit der folgenden, doch der nächsten Post, allunterthänigst erbitten lassen.

1. Der Scharfrichter Franz Eschmeier zu Mettingen will die Exekution verrichten. Er sagt, dass er verschiedenen Exekutionen der Todesurteile, als 2 mal in Lingen, auf der Telgter Heide bei Münster, wo einmal 5 auf einmal abgetan, beigewohnt und selbige mitverrichtet habe. Daran solle nichts

fehlen, daß er sein Amt nicht ordentlich thun würde. Die nötigen Gehülfen würde er schon anschaffen. Da er der ordentliche Scharfrichter ist, so wird man das freilich auf ihn zukommen lassen.

2. Der gewöhnliche Richtplatz ist auf dem Lengericher Berge. Galgen und Rad steht aber nicht mehr da, als nur noch einige Überbleibsel.

3. Es müssen also die nötigen Räder gemacht werden, und wie der Eschmeier sagt, wäre es überall gebräuchlich, dass bei dem Rade auch ein Galgen gesetzet werde, auch wenn er jetzt gleich nicht gebraucht würde. Er hat

4. mit dem Schmied Brünemeier, dem Zimmermann und Rademacher Kalthoff und Grabig in Wechte unter dem von mir geschehenen Versprechen der richtigen Zahlung wegen die Anfertigung des nötigen hölzernen und eisernen Werkes contrahirt (Anm.: unter Vertrag genommen); und muß Ew. Königl. Regierung gehorsamst bitten, die Königliche Kammerdeputation vorläufig zu requirieren (Anm.: ersuchen), daß dieselbe, wenn nun jene Handwerksleute ihre Rechnungen eingegeben, selbige ohne Abzug aus einem öffentlichen Fonds ohne Abstand bezahlen zu lassen geruhen. Indessen geht die Rede so: Die Bauernschaft Intrup, in deren Besitz der Lengericher Galgen gelegen, wäre verpflichtet, den Galgen und was weiter zur Ausführung des hochnotpeinlichen Halsgerichtes gehöret, aufzurichten, das Holz hinzufahren und andere, dabei vorkommende Arbeit in Setzung des Galgens, der Räder und Pfähle zu verrichten. Die Bauern wären dagegen vom Göding (Anm.: Gau-

versammlung) frei. Im hiesigen Archiv findet sich davon keine Nachricht. Seit beinahe einem Jahrhundert soll hier kein Todesurteil vollzogen sein (Anm.: 1720 Hinrichtung einer Kindesmörderin aus Lienen). Der Königlichen Kriegs- und Domänen-Kammer-Deputation wird`s bewußt sein, in wie weit jene alte Sage gegründet, und wird selbige allenfalls durch die von ihr resortirende Beamte (als welches zum officio (Anm.: Amt) der Justiz-Bedienten nicht gehört) danach weiter forschen, da dann allenfalls die Bauernschaft Intrup die verwendeten Kosten erstatten muss, indem doch sich von selbst versteht, daß bis zur Beendigung jener Untersuchung mit der Anfertigung des Galgens, Pfähle und Räder nicht eingestanden werden könne. Eben dieses Kammerkollegium würde indessen

5. an den Vogt zu Lengerich, den zu Ladbergen wohnenden Amtmann Sparenberg, die schleunige Ordre zu erlassen geruhen, zur Anfahrung der nötigen Werkzeuge zur Mahlstette, Dienstleistung in deren Setzung usw., die nötigen Fuhren und Handdienste aus vermeldeter Bauernschaft Intrup ungesäumt zu bestellen und könnte der p. Sparenberg zugleich angewiesen werden, sich bei alten Leuten oder sonst unter der Hand zu erkundigen, was in alten Jahren darunter Sitte und Pflicht gewesen.

6. Der unweit Tecklenburg im Kirchspiel Ledde wohnende Königliche Eigengehörige Colonus Caldemeier soll nach einer alten Sage verpflichtet sein, den armen Sünder zum Richtplatz zu fahren. Ob diese Rede gegründet ist, weiß ich auch nicht. Damit indessen, wenn der Caldemeier sich indessen

weigern sollte, kein Aufenthalt deshalb entstehe,
würde die Königliche Kammerdeputation einem
ihrer Beamten aufgeben müssen, die dazu, wie
auch, da untergeschriebener nebst den Assessoren
bei der Exekution wohl gegenwärtig sein müssen
(dessen ich sonst gerne überhoben wäre) nötige
Fuhren aus der Runde bestellen. Schließlich

7. würde auch die Königliche Kammer einen oder
zwei deren Beamten aufgeben müssen, bei Schließung der Kreise wegen Zusammenlaufs der Leute
die nötige Ordnung zu Pferde bestellen. Wie der
Scharfrichter Eschmeier sagt, habe der alte Oberjäger Bauer als Hausvogt dieses in Lingen allemal
verrichtet, wie so auch die königliche Kammerdeputation dem Landrentmeister Bauer aufgeben
würde, die gut gefundene Mannschaft aus jedem
der Kirchspiele hiesiger Grafschaft zum Richtplatz
bestellen zu lassen (Anm.: Im Januar 1785 hatte
Lienen täglich 2 mit Gewehren bewaffnete Männer zur Bewachung des Dolle auf dem Schloß in
Tecklenburg zu stellen. Die Hinrichtung des Dolle
wurde aufgeschoben, weil dieser um Linderung
seiner Strafe gebeten hatte. Lienen musste daraufhin weiter täglich 2 Mann nach Tecklenburg beor-
dern. Am 28. Juni 1785 forderte Landrentmeister
Bauer den Amtmann Arendt in Lienen auf, mit
150 Mann zur Hinrichtung des Dolle zu erscheinen, darunter 30 Mann mit Gewehren. Ladbergen
mußte 200 Männer stellen. Am 21.10.1785 mußte
der Amtmann Arendt um 8.30 Uhr hoch zu Roß
mit seinen 150 Leuten erscheinen, 30 davon mit
Gewehren, die übrigen mit Knüppeln bewaffnet.

Auch der Führer (Polizist), der Vorsteher und die Untervögte hatten zu erscheinen.) Ich bitte nochmals unterthänigst, daß sowohl von Seiten der Regierung als der Kammer ohne Zeitverlust verfügt werde. Der arme Sünder Dolle verlangt sehr, daß das Urteil je eher je lieber vollzogen werde. Der indessen tiefschuldigster Ehrerbietung beharre Ew. Königliche Majestät aller unterthänigst treugehorsamster Mettinghs."

Zu dieser Eingabe an den König folgt dann am 21. Juni 1785 eine andere als Ergänzung, nebst beigefügtem Protokoll, welche des originellen Inhalts wegen, im Wortlaut gegeben werden und also lauten: „Anderweitiger alluntertänigster Bericht des Regierungssekretarii Mettingh mit beigefügtem Protokoll vom 20. (Anm.: des Monats) wegen der Pflicht der Bauerschaft Intrup eingesessen, den Galgen und Rad zu machen. Allunterthänigster, großmächtigster König, allergnädigster König und Herr. Das ist nun einmal der Bauern Denkensart: Sie übernehmen ungern neue Pflichten, tragen aber geduldig die alten, und verteidigten eifrig die alten Gerechtsame. So denken auch nach nebengefügtem Protokoll die Intruper Bauern, die auch die Galgenbauern genannt werden. Also hats mit Errichtung des Galgens und Räder zur Justification (Anm.: Hinrichtung) des Dollen weiter keine Schwierigkeit, als daß das eiserne Werk sie nichts angehen soll; weshalb der Schmied Brune mir selbiges anfertigt und sich hernach allenfalls finden muß; da sonst das beim Kalthoff und Grabig bestellte hölzerne Werk aufbestellt worden. Der Bauer Caldemeier soll sich auch nicht weigern, den armen Sünder zu fahren, weil er dagegen von anderen Diensten frei ist. Ich habe dieses als Nachtrag meines allerunterthänigsten Berichts vom 17. dieses allergehorsamst zu melden nötig erachtet, bitte nochmals, so bald tunlichst, um gnädigste Resolution und beharre mit tiefhuldigster Ehrerbietung Euer Königliche Majestät allerunterthänigst treugehorsamster Knecht Mettinghs."

Das beigefügte Protokoll hat folgenden Wortlaut:

Actum Tecklenburg 20. Juni 1785. Erschienen sind die eingesessenen Coloni aus der Bauernschaft Intrup:

1. Johannemann, 2. Suhrkamp, 3. Hollenberg, welche anzeigten, daß sie und 4. Hullmann, 5. Kölle, 6. Feldkamp, 7. Dieckmeier, 8. Kienemann, 9. Rahe, 10. Schröer, 11. Klopmeier, 12. Schweer, 13. Rührwiem, wovon Schröer und Schweer auch hernach erschienen, verpflichtet wären, den Galgen und Räder beim Richtplatz im Stande zu halten auf dem Schlosse frei wären. Wenn sie nun gehört hätten, daß der Mörder Dolle hingerichtet werden solle, so meldeten sie dieses darum, damit sie nicht um ihre Freiheit kämen. Wie sie von alten Leuten gehört hätten, müsste der Scharfrichter ihnen Anweisung geben, wie sie das Werk einrichten müßten. Das eiserne Werk ginge sie nichts an. Die bei der letzten Hinrichtung einer Kindesmörderin, Hörstebrocks Magd, gebrauchte Leiter läge noch in Kienemanns Schoppen. Comparentes (Anm.: die Verpflichteten) baten, noch zu bemerken, daß sie auch das Recht hätten, mit in den Kreis zu kommen. Übrigens müßten sie vier Axt, Schaufel oder Hacke zum Zeichen, daß sie dazu berechtigt wären, in der Hand haben. Sie wären auch verpflichtet, den Galgen und das

Rad in Ordnung zu bringen. Sie zeigten noch an, dass sie gehört hätten, wie der alte Diekmeier und der alte Johannemann bezeugt hätten, daß das Holz zur Leiter aus dem Kienebrink angewiesen sei. Wenn nun in den Tannenkamp bei Hollenbergs Leibzucht in der Bauernschaft Intrup dazu kräftiges Holz zu bekommen, baten sie um Anweisung des nötigen Holzes. Comparentes zeigten schließlich noch an, sie haben gehört, daß in alten Jahren 1 Thaler (andere sagten, eine halbe Pistole) hergegeben worden. Woher selbiges gekommen, wüßten sie nicht.

Es ist ihnen Ordre an den Scharfrichter Eschmeier mitgegeben, ihnen zur Anfertigung des erforderlichen hölzernen Werkes die nötige Anweisung zu thun und das also der Kalthoff und Grabig mit der ihnen angetragenen Anfertigung Bestand nehmen möchten."

Nachdem so die Hinrichtung vorbereitet war, konnte dieselbe am 21. Oktober 1785 vollzogen werden; es wurde darüber, sowie über das, was nachher sich zugetragen, folgendes Protokoll aufgesetzt: „Actum Tecklenburg, 21. Oktober 1785 zwischen 12 und 1 Uhr Mittags. kam judicum (Anm.: Leute des Gerichts) vom Gerichtsplatz hierher zurück und referiert ad protokollum (gab zu Protokoll), daß der Johan Henrich Dolle urteilsmäßig abgethan sei, wobei bemerkt wird, daß der Scharfrichter Eschmeier mit seinem Sohn dem Justifizierten 3 Stöße auf die Brust und 1 auf das Leib, nächstdem 4 Stöße auf Arm und Beine gegeben habe, und ihm bedeutet wurde, weil noch einige Zuckungen bemerket, ihn umzuwerfen und einen Stoß auf das Genick zu geben, damit man von dem Tode gewiß sei, so er aber nicht thun wollen, sondern versichert, er sei tot, und ihm liegend einen Nagel durch den Kopf geschlagen, auch sofort auf das Rad geheftet, da sich dann judicium wieder weg begeben. Mettingh, Holsche, C. Stock, Uffheber."

Actum Tecklenburg, den 21. Oktober, nachmittags um 4 Uhr, 1785, sandte der Landrentmeister Bauer den Ausreiter Els hierher mit der Anzeige, daß an dem diesen Morgen justifizierten Dolle noch einige Leibesbewegungen und Atemholen und Zuckungen der Arme verspüret worden, wie dann der Ausreiter Els dieses als eine Wahrheit bestätigte und versicherte, daß er zu zwei Malen nach dem Richtplatz gewesen und dieses bemerkt hätte. Es wurde darauf sofort der Gefangenenwärter Görtz zu dem Scharfrichter Eschmeier nach Wechte geschickt, um sich mit demselben, auch mit einiger Mannschaft, welche dem in Lengerich anwesenden Landrentmeister Bauer mitgegeben würde, nach dem Gerichtsplatz zu verfügen, um überzeugt zu werden, ob der Dolle nun wirklich tot sei oder ihn sonst auf die bestmöglichste Weise nach Vorschrift des Urteils vom Leben zum Tode zu bringen und wird mit unterschriebener Hoffiskal (Anm.: Rechtlicher Beauftragter des Königs) Holsche von den bei der Exekution vorgefallenen Umständen nähere zu Anzeige thun, damit der Scharfrichter darüber gehörig zur Verantwortung gezogen werden könnte."

Mettingh, Holsche, C. Stock, Uffheber.

Continuatum (Anm.: Fortsetzung) des Abends um 7 Uhr.

„Referirte der Herr Doktor und Landphysikus Kemmerich, welche auf die um 4 Uhr auf diesen Nachmittag geschehene Anzeige, daß in dem heute morgen justifizirten Dolle noch Lebensspuren angetroffen, selbst nach dem Richtplatz sich hingegeben.

Daß der Dolle noch verschiedene Kennzeichen des Lebens von sich gegeben, als daß man sehen konnte, wie er noch Athem geholt und die Achsel gezuckt, welches sowohl als das Röcheln die untenstehenden wieder hingelaufenen einigen hundert Menschen deutlich haben hören können. Er, Referent, wäre nebst anderen auf die Leiter, welche von einem benachbarten Bauern herbei geholt, gestiegen, um sich völlig davon zu vergewissern, da er dann auch gesehen, daß die Pupille des Auges noch nicht erweitert gewesen, wie bei Toten gewöhnlich. Auch habe er noch eine lebhafte Gesichtsfarbe gehabt; die Adern auf den Händen wären ihm wie bei einem lebendigen Menschen noch aufgeschwollen gewesen. Kurz vor ½ 6 Uhr, wie er noch oben gewesen, habe der Justifizierte noch stark einigemal geröchelt und die Achseln stark gezogen, worauf ein Schaum vor dem Mund gekommen, eine Totenblässe sich über dem Gesicht ausgebreitet, die Pupille in den Augen sich erweitert, und er wirklich verschieden, oder wenigstens in ¼ Stunde nachher kein Zeichen des Lebens von sich merken lassen. Er, der Landphysikus Kemmerich, wäre zwar auf diesen Morgen bei der Hinrichtung zugegen gewesen, und habe bei seinem Weggehen nicht anders geglaubt, als daß der Hingerichtete tot gewesen, indessen urteile er nunmehr, daß der Justifizirte den Nagel nur seitwärts durch den Kopf bekommen habe, weswegen er denn auch nicht von demselben gleich getötet werden könne. Kemmerich, Physikus.

Gleich darauf zeigte der um 4 Uhr zu dem Scharfrichter Eschmeier hingeschickte Gefangenenwärter
Moritz Görtz an, daß der Scharfrichter anfänglich
durchaus nicht mit nach dem Richtplatz gehen wollen, sondern geurteilt, wenn der justifizirte Dolle auch
nichts als den Nagel durch den Kopf bekommen hätte,
habe er nicht lebendig bleiben können; als er aber dem
Eschmeier gesagt, wenn er nicht sofort mitginge, würde er in die schwerste Strafe verfallen, wäre der Sohn
nebst den 3 Knechten nach dem Richtplatz gegangen.
Als sie aber hinter Lengerich gekommen, wäre die
Nachricht eingelaufen, daß der justifizirte Dolle nunmehr verschieden sei, worauf der Scharfrichter sich
davon gemacht, und habe es gehört, daß die Bauern
den Scharfrichter geprügelt und er noch den Hut im
Stich gelassen; die Knechte waren aber bei dem Rade
gewesen, gleich auch Pedellos (Anm.: Hausmeister
am Gericht) Erforth, der ebenfalls auf die vor einigen
Stunden geschehene Anzeige von den Lebensspuren
des Justifizirten nach dem Richtplatz sich begeben referirte. Als aber die Knechte gekommen, wäre der justifizirte Dolle bereits tot gewesen und wären als nebst
den noch gegenwärtig gewesenen Leuten nach Hause
gegangen."
Erforth, Görtz, womit das Protokoll geschlossen.
Mettingh, Holsche, Uffheber."
Infolge dieser bei der Hinrichtung vorgekommenen
Unregelmäßigkeiten, worüber dem König sowohl
durch den Regierungssekretär Metthingh, als dem
Hoffiskal Holsche berichtet worden war, wurde der
Scharfrichter Eschmeier, der sein Alter auf 67 bis 68
Jahre, und sein Sohn, der sein Alter auf 26 bis 27 Jah-

re angibt, in Anklagestand versetzt. Sie geben bei der Vernehmung zu, daß alles ordnungsmäßig geschehen sei, nur sei das Rad, da die Hinrichtung einmal verschoben sei, weil es aus grünem Holz gemacht worden wäre, eingetrocknet und vielleicht zu leicht gewesen. Der Delinquent sei wirklich von ihnen vorher erdrosselt, so daß er schon tot gewesen, bevor sie das Rädern vorgenommen. Der Osnabrücksche Scharfrichter aber habe sie konfus gemacht und habe seinem, des Inkulpaten (Anm.: Angeschuldigter) Knecht verkehrte Anweisung gegeben, indem er das Strick über dem Halstuch unrecht angelegt und ihm gesagt, er müsse auf's Strick mit dem Fuß treten. Sie wären überzeugt, daß er wirklich erdrosselt und von den Stößen nichts empfunden habe, denn er sei ganz schwarz im Gesicht gewesen. Wie er wieder zum Leben gekommen, das wüßten sie nicht und müßte es ein Wunder Gottes sein. Ferner wollten sie nicht behaupten, daß Blut aus Nase und Mund gekommen, denn sie hätten nicht so genau darauf geachtet, sie verneinten es aber und habe der Halbmeister von Nienkerken ihnen solches gesagt. Sie versicherten aber, daß die Brust geknappet habe, und sei es gar nicht erforderlich, daß Blut aus Nase und Mund komme, welches sie bei keiner Exekution erlebt. Die Knochen an Armen und Beinen wären nach ihrer Meinung auch zerschmettert worden, zum wenigsten hätten sie knappen gehört. Es wäre ihnen zwar gesagt, daß viele Zeugen, und unter andern auch der Osnabrücker Scharfrichter es bewahrheiten könnte, daß der eine Arm und das linke Bein nicht zerbrochen gewesen, Inkulpaten wollten aber dieses nicht zugeben, wenn auch der eine Arm und das eine Bein nicht stumpf abgebrochen, so doch zersplittert gewesen. Den Stoß ins Genick hätten sie nicht erteilt, weil ja der Delinquent tot gewesen sei; auch sei das nicht Lingenscher Brauch. Dagegen wollen allerdings verschiedene gegenwärtig gewesene Pastoren behaupten, der Nagel sei nur hinten durch den Kopf schräg durchgeschlagen, und sei also nicht durch's Gehirn gegangen, welches auch wahrscheinlich, weil der Justifizierte sonst unmöglich 6 Stunden auf dem Rade habe leben können. Zuletzt geben die Inkulpaten zu, sie sähen wohl ein, daß es ein bedauernswürdiger Zufall wäre, daß Dolle noch so lange gelebt habe. Sie bezeugen aber vor Gott, daß sie es nicht aus Vorsatz gethan, und daß es bloß ein Versehen, dabei aber ein Verhängnis Gottes sein müsse, sie bäten daher, es ihnen zu verzeihen und gnädig anzusehen, damit sie nicht durch Beraubung ihres Privilegii an den Bettelstab gebracht würden.

Zur genaueren Ermittlung der bei der Hinrichtung vorkommenden Fehler wurden nun der Scharfrichter Zippel zu Osnabrück und der Halbmeister Sparenberg zu Neuenkirchen bei Vörden, welche bei der Hinrichtung zugegen waren, am 15. Dezember 1785 durch den Vizedirektor Gruner und den Kanzleisekretär Vezin in Osnabrück vernommen. Der Scharfrichter Zippel, der behauptet, weder in Freundschaft noch in Feindschaft mit dem Scharfrichter Eschmeier zu stehen, sagt aus, dem Mörder Dolle sei der Strick nicht um den bloßen Hals unter den Adamsapfel gelegt, sondern über dem Halstuch, obwohl der Dolle selbst gewünscht habe, man solle ihm das Halstuch abmachen, auch sei der Strick nicht unter der Maschine her, sondern darüber weggezogen, so daß der Oberkörper des Delinquen-

214

ten sich nach vorn habe bewegen können. Ferner habe der Scharfrichter Eschmeier die vorgeschriebenen drei Bruststöße mit dem Rade nicht richtig ausgeführt, sondern diesselben auf den Leib erteilt, warum der Dolle nicht habe sterben können. Die Einrichtung der Maschine sei nicht vollständig gewesen, das Rad von Eisen zu schwach, auch die Stöße, statt von einer, von zwei Personen ausgeführt worden, darum unregelmäßig ausgeteilt, zumal der alte Eschmeier einen Kopf länger wie sein Sohn sei. Es sei üblich, daß nach Erteilung der Stöße der Hingerichtete schnell umgedreht und ihm ein Stoß in den Nacken gegeben werde, wodurch das Genick abgeschlagen werde. Dieser Stoß werde der Gnadenstoß genannt. Eschmeier habe ihn nicht erteilt, obwohl ein Tecklenburgischer Beamter es gefordert habe. Als bei seinem, des Zippels Fortreiten, der Dolle auf das Rad geflochten sei, habe er noch gesehen, daß die Glieder noch gezuckt hätten. Sein Knecht Gottfried Stephan und sein Halbmeister Sparenberg seien noch auf der Richtstätte geblieben.

Der Halbmeister Johann Daniel Sparenberg, 39 Jahre alt, und mit dem Scharfrichter Eschmeier also verwandt, daß sein Großvater der Bruder von Eschmeiers Mutter gewesen sei, sagt aus, daß die Exekution nicht dergestalt, wie sich gehöre, verrichtet sei. Er habe gesehen, daß der Dolle nachdem derselbe bereits ungefähr ¾ Stunden auf dem Rad gesessen hätte, noch eine Hand gerührt habe. Im Übrigen stimmt seine Aussage mit der des Scharfrichters Zippel ziemlich überein.

Es tauchte nun das Gerücht auf, der Mörder Dolle sei von den Eschmeiers mit Absicht bei der Hinrichtung gequält worden. Verschiedene Gründe wurden dafür angegeben. Einesteils wurde behauptet, die Eschmeiers seien katholisch gewesen, Dolle sei aber vom katholischen zum reformierten Glauben übergetreten, dafür hätten die Eschmeiers ihn quälen wollen. Andererseits wurde behauptet, die Scharfrichter seien von den Juden bestochen worden. Noch einige Tage vor der Hinrichtung habe der Scharfrichter Eschmeier in Ambergs Hause in Tecklenburg sich in verdächtiger Weise mit einem Juden unterhalten; freilich will der Wirt Amberg nichts davon wissen, aber der Lagerassistent Meese bezeugt es. Zum Verteidiger wird dem Eschmeier der Justizkommissarius Krummacher aus Tecklenburg gestellt. Derselbe beweist durch Zeugnis der Scharfrichter Franz Tüchter zu Schüttorf und Johann Nikolaus Eschmeier zu Rheine, freilich Schwager und Bruder des Angeklagten, sowie der beiden Scharfrichterknechte de Grodt, daß die Hinrichtung nach Lingenschem, Bentheimschem und Münsterschem Gebrauch richtig vollzogen sei. Auf die Aussagen des Scharfrichters Zippel zu Osnabrück, und des von ihm abhängigen Halbmeisters Sparenberg sei nichts zu geben, da Zippel ein böser Mensch sei, auch die Nachrichterei im Tecklenburgischen gern für seinen Sohn haben wolle, wie aus einer Anfrage des Zippel beim Regierungssekretär Mettingh ersichtlich. Daß Fehler bei der Hinrichtung vorgekommen seien, gibt die Verteidigungsschrift zu, legt dieselben aber dem Scharfrichter Zippel zur Last, der den Eschmeier konfus gemacht habe. Der Justizkommissarius Krummacher schreibt darüber zu seiner Verteidigungsschrift: „Ein sonst recht guter Koch kann, wenn er über die Köcherei von seines gleichen ungerufen und ungefragt gemeistert wird, die Speisen verderben, ohne daß er Rechenschaft geben kann, wie solches eigentlich zugegangen; wie viel mehr hat denn auch nicht hier Inquisit bei der Hinrichtung des Dollen, als einer so ernsthaften und wohlbedenklichen Handlung, da ihm der Zippel darin einreden und darüber sogar ganz verkehrter Weise meistern wollen, von einem Fehler überrascht werden können, ohne daß er davon Rechenschaft geben und selber sagen kann, woher er rühre, daß der Dolle nach der von ihm vollzogenen Exekution völlig vom Leben zum Tode gebracht worden sei."

Krummacher beantragt daher, den Eschmeier völlig straflos ausgehen zu lassen.

Das Urteil blieb lange aus. Erst am 25. Juni 1787 wird durch Verfügung des Königs Friedrich Wilhelm II., die den Akten im Original mit des Königs Unterschrift beiliegt, das Urteil dahin gefällt, daß „der Scharfrichter Franz Henrich Eschmeier wegen fehlerhafter Hinrichtung des Heideläufers Heinrich Dolle mit zweijähriger Festungsarbeit salva fama bestraft und außerdem seines Privilegii vom 26. September 1764, soweit es auf scharfe Exekution mitgerichtet ist, für verlustig erklärt, mithin demselben alle Exekutionen von Todesstrafen, von welcher Art sie auch sein mögen, wie hiermit geschieht, untersagt und gehalten sein soll, die Untersuchungskosten zu tragen, der Johann Henrich Eschmeier aber mit aller Strafe zu vernehmen."

Am 16. Juli 1787 wird dem Pedellen Erforth und dem Franz Engeln in Mettingen der Auftrag gegeben, den Franz Eschmeier in Arrest zu nehmen und mit hinlänglicher Mannschaft nach Tecklenburg zu transportieren. Am 17. Juli wurde Eschmeier eingeliefert, ihm das Urteil verkündigt und er dann zur Abbüßung seiner Strafe auf die Festung Wesel gebracht. Die Kosten, welche die Hinrichtung des Mörders Dolle und die Verhandlung contra Eschmeier verursacht haben, betragen nach den Akten außer den Zeugengebühren insgesamt 228 Thaler, während aus dem Nachlaß des Dolle nur 11 Thaler 24 Groschen 6 Pfennig herausgekommen sind. Als Landrat des Kreises fungierte in jener Zeit der Landrat Balcke, dessen Name öfter erwähnt wird. Als richterliche Oberinstanz galt das Kammergericht zu Lingen.

Abschließend bleibt noch, Absichten und Schicksal des Osnabrücker Scharfrichters Joh. Conrad Zippel (SchR seit 1780) zu erhellen. Frau Wilbertz führt dazu aus (a.a.O. S. 205 f): „Am 21.10.1785 erschien er mit seinem Knecht Gottfried Stephan und seinem Halbmeister Joh. Daniel Sparenberg aus Neuenkirchen als ungebetener Gast bei der Räderung des Joh. Henrich Dolle in Lengerich, um mit seiner Anwesenheit den Scharfrichter Franz Henrich Eschmeier nervös zu machen und auf den Kunstfehler zu warten, den der unerfahrene Eschmeier dann auch beging. Grund genug für Joh. Conrad Zippel, um Übertragung der Tecklenburger Scharfrichterei für seinen Sohn nachzusuchen, jedoch vergeblich." (Anm.: Zwei frühere Versuche, seinem Sohn eine eigene Scharfrichterei zu sichern, waren bereits gescheitert, 1782 in Stade, 1784 in Herford. Zippel selbst war Zeit seines Lebens in Geldnöten, da er noch von seinen Eltern Schuldenrückstände nachzahlen mußte, die Osnabrücker Scharfrichterei warf nicht so viel ab, wie er erhofft hatte, so daß er seine Schulden nicht abtragen konnte. Die

Tecklenburger Scharfrichterei wurde dem Sohn des Verurteilten, Joh. Henrich Eschmeier, übertragen.) Die Schulden, die Joh. Conrad Zippel seit seiner Flucht aus Syke verfolgten (1774), holten ihn schließlich in Osnabrück ein. Am 25.10.1782 eröffnete die Land- und Justizkanzlei das Konkursverfahren gegen ihn und rief alle seine Gläubiger in einer Anzeige des „Wöchentlichen Osnabrückischen Anzeigers" auf, sich am 16. und 30. November oder 14. Dezember zur Anmeldung ihrer Forderungen einzufinden. Sein Haus in Syke wurde verkauft, ebenso sein Garten in Osnabrück und alles, was nicht seine Frau mit in die Ehe gebracht hatte. Seit 1783 wurden die Halbmeistereien meistbietend verpachtet und mit den bei den Ämtern deponierten Pachtgeldern seine Gläubiger bezahlt. Ihn selbst und seine Familie setzte man auf das Existenzminimum. Seine Schulden waren noch nicht bezahlt, als er am 13.11.1788, 47 Jahre alt, starb und seine Frau mit fünf minderjährigen Kindern im Alter zwischen 6 und 20 Jahren zurückließ.

Quellen:
Lengericher Zeitung: Jg. 20 Nr. 52/02. 05. 1901, Nr. 53/04. 05. 1901, Nr. 55/09. 05. 1901: Hinrichtung des Heideläufers (Hegeläufers) Johann Henrich Dolle auf dem Galgenknapp zu Lengerich am 21. Oktober 1785.
Wilbertz, Gisela, Dr.: Scharfrichter und Abdecker im Hochstift Osnabrück, Osnabrück 1979
Die Angaben in den Anmerkungen beruhen auf Auskünften des Tecklenburger Heimatforschers F.E. Hunsche, wohnhaft in Ibbenbüren.

Der Lengericher Galgenknapp
und die Geschichte dieses Buches

An einem sonnigen Sommertag suchte ich den Galgen-knapp, jenen blutigen Schauplatz der letzten Hinrichtung in Lengerich, zum ersten Mal auf.

Vorausgegangen war ein Besuch in der dortigen Tourist-Information, wo ich nach dem Weg zur Richtstätte fragte. Bei der Recherche zu einem anderen Buch hatte ich davon gehört. Zufällig ergab sich ein längeres Gespräch.

Ich erfuhr von der Veranstaltungsidee der Westfälischen Wilhelms-Universität Münster, in Kooperation mit der IG Teuto das Projekt „Evolution im Münsterland" durchzuführen. Beiläufig hörte ich, dass man gerne ein Buch über die Hinrichtung sehen würde. Erfreut gab ich mich als Autorin zu erkennen. Wenige Monate später hielt ich bereits im Rahmen des Projektes einen Vortrag, draußen in der Natur, gegenüber vom Liboriussteinbruch auf dem Galgenknapp.

Flirrendes Sonnenlicht hatte den alten ehemaligen Steinbruch und die Wiesen des Sünderliets auf der anderen Seite in eine beinahe feierliche Atmosphäre getaucht. Unvorstellbar waren in diesem Moment die Qualen der hingerichteten Delinquenten, die hier über Jahrhunderte ihr Leben lassen mussten.

Bis heute ist der dramatische Verlauf der Hinrichtung des Johann Dolle in aller Munde und hat mich zu diesem Kriminalfall um die Ermittlerin Feo inspiriert.

Während meiner Recherchen fiel mir immer wieder auf, dass auch hier bereits früh der Volksmund Geschichten hinzudichtete. Ich habe mich bemüht, die Hinrichtung und Details aus dem Leben der Protagonisten wahrheitsgemäß wiederzugeben. Da die Geschehnisse jedoch zum heutigen Zeitpunkt 231 Jahre zurückliegen, wird sich manches nicht mehr eindeutig klären lassen.

Damals gab es noch keine Straßennamen. Zur besseren Orientierung und zum Finden der Schauplätze habe ich die heutigen Bezeichnungen verwendet.

Möchten Sie Lengerich, Tecklenburg, Wechte, Osterberg, Mettingen, Osnabrück und Münster auf den Spuren des (erfundenen) Krimis und der wahren Begebenheiten aus alter Zeit einen Besuch abstatten?

Vor den Höhenzügen des Teutoburger Waldes, von Lengerich der ansteigenden (früher noch steileren) Osnabrücker Straße folgend, liegt der Galgenknapp. Sie finden ihn in Höhe einer Kuppe auf der rechten Seite.

Heute ein Naturschutzgebiet mit reichen Orchideenvorkommen zieht in unmittelbarer Nachbarschaft eine Wanderschafherde durch die aufgelassenen zwei Steinbrüche, um sie vor Verbuschung zu schützen.

Der Schäfer und seine Bentheimer Landschafe vervollständigen die Idylle. Eine Vielzahl von Vogelstimmen, Frösche, Eidechsen, Falter und Libellen werden Ihnen begegnen und einen erlösenden Schleier über die vergangenen Jahrhunderte legen.

Aus der Zeit um 1200 stammen die ältesten Teile der Kirche in Ledde, wo Johann Dolles Wohnort war. Die Gewölbemalereien im Chor zeigen Christus als Weltrichter mit Fürbittern.

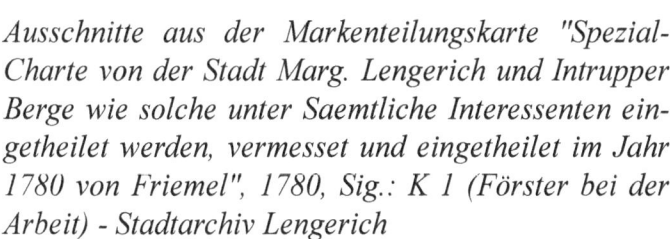

Ausschnitte aus der Markenteilungskarte "Spezial-Charte von der Stadt Marg. Lengerich und Intrupper Berge wie solche unter Saemtliche Interessenten eingetheilet werden, vermesset und eingetheilet im Jahr 1780 von Friemel", 1780, Sig.: K 1 (Förster bei der Arbeit) - Stadtarchiv Lengerich

Der kleine Durchbruch im Wall, das sogenannte „Judenloch" am Ledder Mühlenweg

Der Ledder Mühlenweg (die Mordstelle befand sich hinten auf der linken Seite)

Werner Menebröker-Schoppenkämper (verstorben 2009) war ein Nachfahre des „Mutert zu Habichtswalde", der dem Mörder eine Schaufel lieh und am nächsten Tag die Leiche des Marcus Moses fand.

226

Der Jüdische Friedhof in Lengerich
Der Grabstein auf der linken Seite trägt die Inschrift
„b. Mosche (= Sohn des Moses) August 1784" und
befindet sich aller Wahrscheinlichkeit nach auf der
Grabstätte des Marcus Moses.
(Fotos: Wolfgang Berghoff, Stadtarchiv Lengerich)

Nachfahre eines Scharfrichters: Horst Soostmeyer aus Osnabrück erfuhr erst vor etwa 20 Jahren, daß er der Urururenkel von Franz Eschmeyer ist. Seine Angehörigen treffen sich seitdem regelmäßig, um gemeinsam Familienforschung zu betreiben.
Rechts daneben Reinhold Aufderhaar aus Wechte, durch dessen Hinweise ich das 1960 erbaute Haus auf dem Grundstück der ehemaligen Scharfrichter fand. Als kleiner Junge entdeckte er beim Kartoffelsuchen immer wieder Tierknochen der ehemaligen Schinderey, die sich in unmittelbarer Nähe zum Scharfrichterhaus befand.

Rechte Seite oben: Die ehemaligen Fillerkuhlen der Schinderey (Foto: Reinhold Aufderhaar)
Rechte Seite unten: Ein altes Foto vom Scharfrichterhaus des Franz Eschmeyer

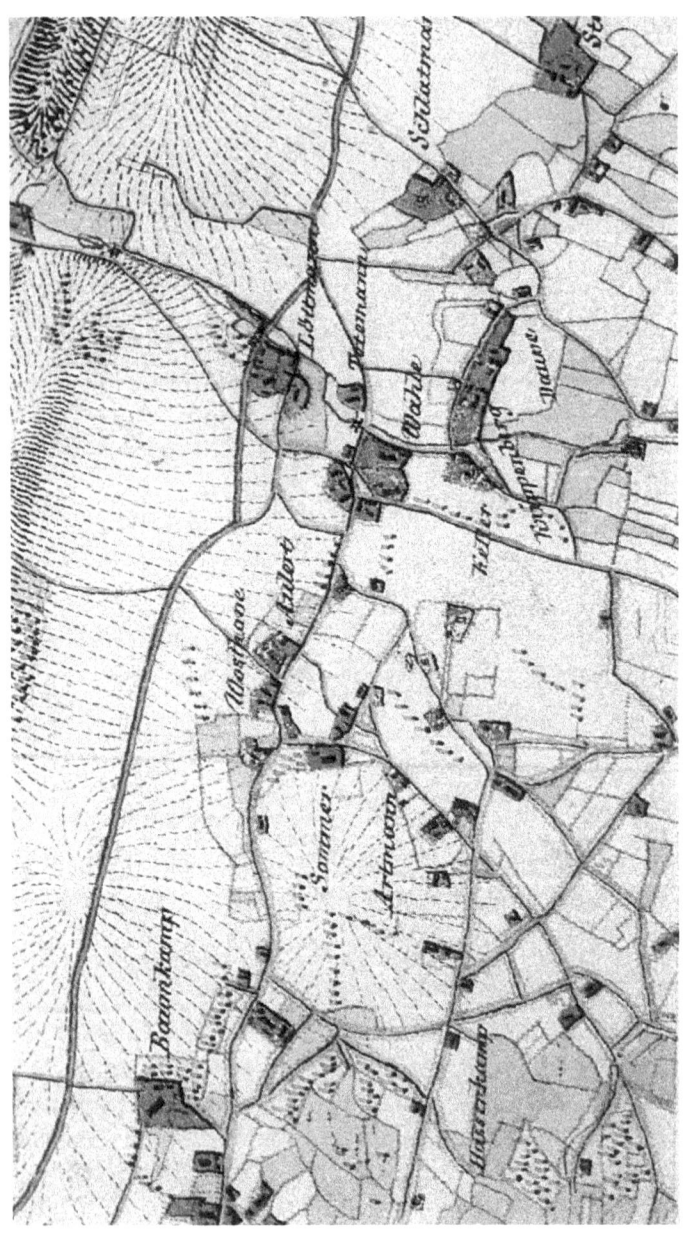

230

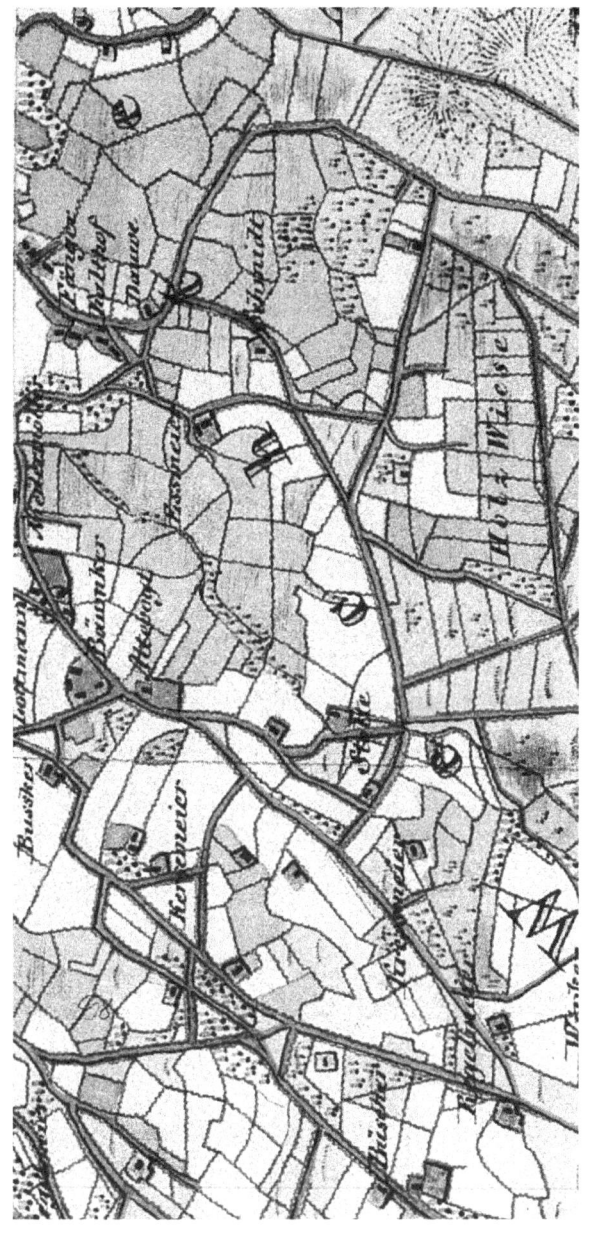

Historische Karte Wechte (Ausschnitt), Geobasis des Landes NRW. Das Grundstück des Franz Eschmeyer (Essmeier) befindet sich im oberen Teil der unteren Karte.

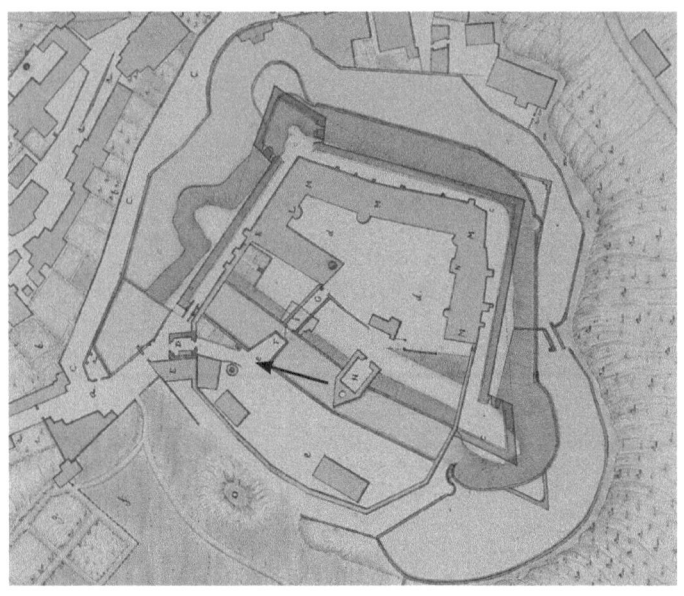

Blick vom Burghof auf den Brunnen und das Schloss-
tor von hinten. Oben: Der fünfeckige Schiffsturm ist
deutlich erkennbar. Rechts: Tecklenburg, 1720

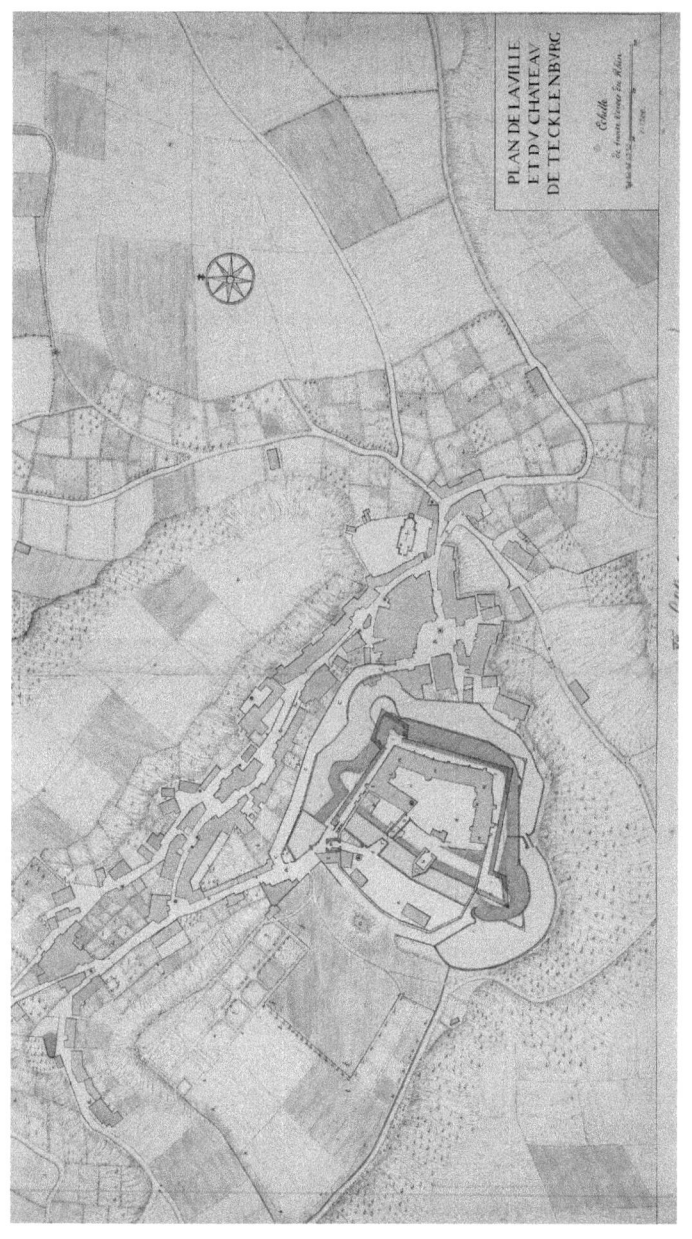

PLAN DE LA VILLE
ET DV CHATEAV
DE TECKLENBVRG

233

Modell der Tecklenburg mit dem „Schiffsturm" in der Mitte, in dessen unterem Teil sich das Gefängnis befand (Foto: Heiner Schäffer). Hier wartete Johann Dolle auf sein Urteil. Franz Eschmeyer wurde dort in Arrest genommen, bevor man ihn auf die Festung Wesel brachte.

Die oberen Geschosse mit der Pulverkammer, dem Uhrwerk und den Räumen für die Musikanten des Grafen wurden bereits 1723 während der Umbaumaßnahmen gesprengt.

Der Weg des Mörders Johann Dolle zur Hinrichtung führte vom Gefängnis im sogenannten „Schiffsturm" auf der Tecklenburg (heute Freilichtbühne)...

durch das Schlosstor (rechts das Gefängnis von 1819),

durch die Brauerstraße und Ibbenbürener Straße, vorbei an der Armentreppe...

und am Schweinemarkt...

sowie an den Stufen zur Stadtkirche,

am Wellenberg hinunter zum Himmelreich,

durch das Tor von Haus Marck...

und nach links über die alte Lindenallee (Teil des Jakobsweges) bis zum Galgenknapp.

Erklärungen alter Begriffe

Abdecker, auch Schinder: derjenige, der eigenhändig gefallenen, d.h. durch Unglück oder Krankheit umgekommenen Haus- und Nutztieren die Haut abzog, auch andere Teile verwertete und die Kadaver anschließend beseitigte.

Auszehrung: Allgemeiner Kräfteverfall, Abmagerung, Hinsiechen des Organismus, „Schwindsucht"

Carnifex: aus dem römischen Recht übernommene, in der Frühen Neuzeit übliche lateinische Bezeichnung für den bediensteten Strafvollstrecker (= Scharfrichter, in der Frühen Neuzeit auch: Nachrichter)

Comparentes: die Erschienenen, Bezeugenden

Göding oder Goding: das Zusammentreten der zum Gogericht, einem mittelalterlichen westfälischen Hochgericht, aufgebotenen Landbewohner. Vor diesem Gogericht oder Goding waren von den Geschädigten die Straffälle vorzubringen. Darüber wurde anschließend vom gesamten „Umstand" beraten und von den aus ihrer Mitte ausgewählten Urteilsweisern das Urteil gefunden oder „gewiesen". Selbst, wo die Gogerichte in der Frühen Neuzeit weiterexistierten, waren ihre Hochgerichtskompetenzen auf die Landesherren und deren Gerichte übergegangen.

Grüsing: bitteres Kräuterbier

Halbmeister: der in Nordwestdeutschland übliche Begriff für den Abdeckereipächter, der nicht in jedem Fall auch selbst Abdecker war (sonst auch Wasenmeister).

Heideläufer: Ausbildungsstufe des Försters

Kötter: Besitzer eines Kottens

Kontribution: aus dem Lateinischen = Steuer

Luder: Kadaver eines toten Tieres; in der Frühen Neuzeit meist Bezeichnung für in Wolfsfallen ausgelegten Köder

Pedell: Hausmeister am Gericht

Pistole: Goldmünzen im 18. und zu Beginn des 19. Jh.

Wispel: altes Raummaß

Literaturhinweise

Dr. Gisela Wilbertz
Scharfrichter und Abdecker im Hochstift Osnabrück (Verlag Wenner, Osnabrück 1979)
„Heilung vom Tod – über das Verhältnis von Arzt, Chirurg und Scharfrichter"

Dr. Gabriele Böhm
Tecklenburg, Historischer Stadtrundgang
(Westfälische Kunststätten, Heft 72)

Hubert Rickelmann
Mettingen im Wandel der Zeiten
(Heimatverein Mettingen e.V.)

F.E. Hunsche
Die bunte Truhe

Spurensuche / Familienforschung im Tecklenburger Land
(Heft 1/2011)

Christof Spannhoff
„Die Kattenvenner und der Scharfrichter"

Lengericher Zeitung, Jg. 20 Nr. 52/2.5.1901, Nr. 53/4.5.1901, Nr. 55/9.5.1901
(Hinrichtung des Heideläufers Johann Henrich Dolle auf dem Galgenknapp am 21. Okt. 1785, ergänzt durch Heinrich Kienemann)

Althoff, Gertrud; Beck, Wolfhart; Specht, Frank; Vietmeier, Doris
Geschichte der Juden in Lengerich. Von den Anfängen bis zur Gegenwart. Eine Dokumentation, hrsg. v. der Stadt Lengerich (Westfalen), Lengerich 1993

Fotos

Seite 8:
Blick vom Tecklenburger Leggetor hinab zum Schweinemarkt

Seite 242:
Galgenknapp, Hartmut Grotholtmann

...sowie siehe Bildunterschriften / alle weiteren Fotos ohne
Angaben: Margret Koers

Abbildungen (sofern nicht im Buch beschrieben)

Seite 6:
Delan, Carte de la Comte de Tecklenburg, Levee en 1723,
Staatsbibliothek Berlin (mit Abb. des Galgenknapps)

Seite 82:
Darstellung einer Hinrichtung durch das Rad, 1741

Seite 158:
Die Gottesmutter rettet und heilt einen Geräderten,
Mariazell um 1515
Diese und weitere Abbildungen zu Scharfrichtern und
Hinrichtungsarten: Wikimedia Commons

Seite 175:
Auszug aus den Geobasisdaten der Niedersächsischen
Vermessungs- und Katasterverwaltung (mit Schinderey
Thuine)

Seite 225:
Deutsche Grundkarte Blatt 3713/15 - Osterberg - Heraus-
geber Bezirksregierung Köln (hier mit Kennzeichnung der
Mordstelle, ca. 200 Meter vom Haus Menebröker-Schoppenkämper entfernt)

Seite 232 und 233:
Plan de la Ville et du Chateau de Tecklenburg, Grundriß der
Stadt und des Schlosses, 1720, Staatsbibliothek Berlin

Margret Koers
Die Sage vom Mordkuhlenberg

Es war einmal…, so heißt es seit Jahrhunderten, eine
gefürchtete Räuberbande, die in den Dammer Bergen
ihr Unwesen trieb. Im Jahre 1887 erzählt die Großmut-
ter Mathilde ihrer Enkelin Katharina, wie die wilden
Gesellen eine junge Frau entführten, die ihnen sieben
Jahre zu Diensten sein musste.
Kraft ihres Glaubens und einer List kehrte sie schließlich heim zu ihrer Familie!

ISBN 978-3-9806301-8-4
96 Seiten, 9,95 Euro

Margret Koers
Hexenschwert - Die Geschichte der Goose Sienken

Anno 1768 beginnt die Zeitreise dieses historischen
Romans, von der Autorin anhand der alten Gerichts-
akten sorgfältig recherchiert und spannend niederge-
schrieben.
Über zwei Jahrhunderte erzählte man sich am Herdfeuer Spökenkieker-Geschichten über Anna Gesina
Brink, genannt Goose Sienken, deren Lebensgeschich-
te noch heute die Gemüter erhitzt!

ISBN 978-3-9806301-7-7
400 Seiten, 14,90 Euro